APR 0 4 2011

*Deseo*™

El corazón de la princesa

MICHELLE CELMER

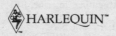

HARLEQUIN™

APR 0 4 2011

Editado por HARLEQUIN IBÉRICA, S.A.
Núñez de Balboa, 56
28001 Madrid

© 2010 Michelle Celmer. Todos los derechos reservados.
EL CORAZÓN DE LA PRINCESA, N.º 1747 - 13.10.10
Título original: Expectant Princess, Unexpected Affair
Publicada originalmente por Silhouette® Books.

Todos los derechos están reservados incluidos los de reproducción,
total o parcial. Esta edición ha sido publicada con permiso de
Harlequin Enterprises II BV.
Todos los personajes de este libro son ficticios. Cualquier parecido
con alguna persona, viva o muerta, es pura coincidencia.
® Harlequin, Harlequin Deseo y logotipo Harlequin son marcas
registradas por Harlequin Books S.A.
® y ™ son marcas registradas por Harlequin Enterprises Limited y
sus filiales, utilizadas con licencia. Las marcas que lleven ® están
registradas en la Oficina Española de Patentes y Marcas y en otros
países.

I.S.B.N.: 978-84-671-9087-8
Depósito legal: B-32064-2010
Editor responsable: Luis Pugni
Preimpresión y fotomecánica: M.T. Color & Diseño, S.L.
C/ Colquide, 6 portal 2 - 3º H. 28230 Las Rozas (Madrid)
Impresión y encuadernación: LITOGRAFÍA ROSÉS, S.A.
C/ Energía, 11. 08850 Gavá (Barcelona)
Fecha impresion para Argentina: 11.4.11
Distribuidor exclusivo para España: LOGISTA
Distribuidor para México: CODIPLYRSA
Distribuidores para Argentina: interior, BERTRAN, S.A.C. Vélez
Sársfield, 1950. Cap. Fed./ Buenos Aires y Gran Buenos Aires,
VACCARO SÁNCHEZ y Cía, S.A.
Distribuidor para Chile: DISTRIBUIDORA ALFA, S.A.

Brazoria County Library System
Angleton, Texas

# Capítulo Uno

*Junio*

Aunque ella siempre había considerado que su carácter reservado era una de sus mejores cualidades, había veces que la princesa Anne Charlotte Amalia Alexander deseaba parecerse más a su hermana gemela.

Bebió un sorbo de champán y miró a su alrededor en el salón de baile. Louisa se estaba acercando a uno de los invitados: un caballero alto y atractivo que había estado mirándola toda la tarde. Ella sonrió, le dijo unas palabras y él le besó la mano que ella le ofrecía.

Era muy fácil para ella. Los hombres se sentían atraídos por su delicada belleza y cautivados por su inocencia.

¿Y a Anne? Los hombres la consideraban fría y crítica. No era un secreto que la gente, o los hombres en particular, a menudo se referían a ella como la arpía. Normalmente, ella no permitía que eso la molestara. Le gustaba creer que se sentían amenazados por su fortaleza e independencia. Sin embargo, eso no era más que un pequeño consuelo en una noche como aquélla. Todo el mundo estaba bailando, bebiendo y socializando, mientras

3

que ella estaba sola. Pero con el delicado estado de salud de su padre, ¿era tan difícil comprender que no tuviera ganas de celebraciones?

Un camarero que llevaba una bandeja de champán pasó a su lado y ella agarró una copa nueva. La cuarta de aquella noche, tres más de las que bebía normalmente.

Su padre, el rey de Thomas Isle, quien debería haber asistido al evento benéfico que se celebraba en su honor, sufría del corazón y estaba en un estado demasiado delicado como para atender al baile. Su madre se negaba a marcharse de su lado. Anne, Louisa y sus hermanos, Chris y Aaron, tenían que hacer el papel de anfitriones en ausencia del rey.

Emborracharse no era lo mejor que podía hacer. ¿Pero Anne no hacía siempre lo que le decían? ¿No era siempre la hermana gemela responsable y racional?

Bueno, casi siempre.

Se bebió la copa de champán de dos tragos, dejó la copa vacía sobre una bandeja y agarró otra nueva. Se prometió que la bebería más despacio, porque ya sentía el calor del alcohol en el estómago y comenzaba a sentirse un poco confusa. Era… Agradable.

Bebió un largo trago de la quinta copa.

—Está preciosa, alteza —le dijo alguien desde detrás.

Ella se volvió al oír la voz y se sorprendió al ver a Samuel Baldwin, el hijo del primer ministro de Thomas Isle, saludándola.

Sam era el tipo de hombre que hacía que a las mujeres les flaquearan las piernas cuando lo mira-

4

ban. Tenía treinta años, el cabello rubio oscuro y rizado y se le formaban hoyuelos en las mejillas al sonreír. Era más alto que ella, delgado y musculoso. Ella había hablado con él un par de veces, pero simplemente lo había saludado. Se suponía que era uno de los solteros más cotizados de la isla, y desde pequeño había sido educado para ocupar el puesto de su padre.

Él hizo una reverencia a modo de saludo y uno de sus mechones rebeldes cayó sobre su frente. Anne se resistió para no retirárselo hacia atrás, pero no pudo evitar preguntarse qué se sentiría al acariciarle el cabello.

Normalmente lo habría saludado con indiferencia, pero supo que el alcohol la estaba afectando porque había esbozado una sonrisa.

—Me alegro de volver a verlo, señor Baldwin.

—Por favor, llámame Sam.

De reojo, Anne vio que Louisa seguía en la pista de baile y que aquel hombre misterioso la estrechaba contra su cuerpo mirándola a los ojos. Un sentimiento de celos se alojó en el vientre de Anne. Deseaba que un hombre la abrazara y la mirara como si fuera la única mujer de la sala, como si no pudiera esperar a quedarse a solas con ella para devorarla. Quería sentirse deseada.

¿Era demasiado pedir?

Se terminó el champán de un trago y preguntó:

—¿Quieres bailar, Sam?

Ella no estaba segura de si su mirada de sorpresa se debía a su comportamiento primitivo o a la invitación en sí. Por un instante, temió que él rechazara la invitación. ¿No sería irónico teniendo en cuenta la de invitaciones que ella había rechazado durante años? Tantas que los hombres habían dejado de sacarla a bailar.

Entonces, él puso una sonrisa y dijo:

–Será un honor para mí, alteza.

Le ofreció su brazo y ella se lo agarró. Él la guió hasta la pista de baile. Había pasado tanto tiempo desde que había bailado por última vez que cuando él la tomó entre sus brazos y comenzó a moverse, ella se sintió patosa. ¿O quizá era el champán lo que había hecho que le flaquearan las piernas? ¿Quizá el aroma de su loción de afeitar lo que hacía que la cabeza le diera vueltas? Olía tan bien que ella deseó ocultar el rostro contra su cuello e inhalar hondo. Anne no recordaba cuándo había sido la última vez que había estado tan cerca de un hombre con tanto atractivo sexual.

Quizá hacía demasiado tiempo.

–El negro te sienta bien –dijo Sam, y ella tardó unos instantes en darse cuenta de que se refería al vestido que llevaba.

–Sí –dijo ella–. Sólo me falta el gorro puntiagudo.

Sam soltó una carcajada y, al oír su voz, ella se estremeció.

–De hecho, pensaba que resalta tu piel pálida.

–Oh, gracias.

Comenzó a sonar una canción lenta y Anne no pudo evitar fijarse en cómo el hombre misterioso se acercaba aún más a Louisa.

–¿Conoces a ese hombre que está bailando con mi hermana? –le preguntó a Sam, señalando con la barbilla.

—Es Garrett Sutherland. El terrateniente más rico de la isla. Me sorprende que no lo conozcas.

El nombre le resultaba familiar.

—Lo conozco de oídas. Mis hermanos lo han mencionado alguna vez.

—Parece como si tu hermana y él fueran muy amigos.

—Yo también me he fijado.

Él vio que Anne miraba a su hermana.

—¿Cuidas de ella?

Anne asintió y lo miró.

—Alguien ha de hacerlo. Es muy ingenua y demasiado confiada.

Él sonrió y ella deseó besarle los hoyuelos de las mejillas.

—¿Y quién cuida de ti?

—Nadie. Soy perfectamente capaz de cuidar de mí misma.

Él la estrechó contra su pecho y le preguntó:

—¿Está segura de eso, alteza?

¿Estaba coqueteando con ella? Los hombres nunca bromeaban y coqueteaban con ella. No a menos que quisieran ver su cabeza en una bandeja. Samuel Baldwin era un hombre valiente. Y a ella le gustaba. Le gustaba sentir el peso de su mano en la espalda y sentir sus senos presionados contra su torso. Nunca había sido una mujer a la que le interesase demasiado el sexo, aunque por supuesto disfrutaba teniendo aventuras de vez en cuando. Sin embargo, Sam le despertaba sensaciones que ella desconocía. ¿O era el champán?

No. El alcohol nunca le había provocado dicha sensación. Ni el deseo primitivo de que la poseyeran. O de arrancarle la ropa a Sam y acariciarle el cuerpo. Se preguntaba cómo reaccionaría si le rodeara el cuello y lo besara. Sus labios parecían tan suaves y sensuales que ella se moría por saber a qué sabían.

Deseaba tener valor para hacerlo, allí mismo, en ese momento, delante de toda esa gente. Deseaba ser como Louisa, que estaba saliendo de la sala agarrada del brazo del hombre con el que había bailado, sin importarle que todo el mundo la mirara.

Quizá había llegado el momento de que Louisa aprendiera a valerse por sí misma. Al menos por esa noche. Desde ese momento, estaría sola.

Anne se volvió hacia Sam y sonrió.

—Me alegro mucho de que hayas podido asistir a nuestro acto benéfico. ¿Lo estás pasando bien?

—Sí. Siento que el rey no se encontrara lo bastante bien como para asistir.

—En estos momentos está muy vulnerable y correría riesgo de infección si se expone a una gran multitud.

Sus hermanos pensaban que él iba a recuperarse y que la bomba a la que había estado conectado su corazón durante los nueve meses anteriores le daría a su corazón tiempo suficiente para recuperarse, pero Anne pensaba que era una pérdida de tiempo. En los últimos días estaba cada vez más pálido y tenía menos energía. A ella le preocupaba que estuviera perdiendo las ganas de vivir.

Aunque el resto de la familia mantenía esperanza, en el fondo Anne sabía que iba a morir y su instinto le decía que sería pronto.

Un repentino e intenso sentimiento de lástima

se apoderó de ella y por mucho que tratara de controlarlas, las lágrimas se agolparon en sus ojos. Ella nunca se ponía triste, al menos no cuando estaba con otras personas, pero el champán debía de haberla afectado porque estaba a punto de derrumbarse y no podía hacer nada para evitarlo.

«Aquí no. Por favor, no delante de toda esta gente».

–Anne, ¿estás bien? –Sam la miraba con preocupación.

Ella se mordió el labio y negó con la cabeza.

Él se apresuró para sacarla de la pista de baile mientras ella trataba de mantener la compostura.

–¿Dónde vamos? –susurró él mientras salían del salón a un recibidor lleno de gente.

Ella necesitaba ir a un sitio tranquilo donde nadie pudiera ver cómo se derrumbaba. Un lugar donde pudiera tranquilizarse y retocarse el maquillaje para regresar a la fiesta como si no hubiera sucedido nada.

–A mi habitación –dijo ella.

–¿Arriba? –preguntó él.

Ella asintió. Se estaba mordiendo el labio con tanta fuerza que empezaba a notar el sabor de la sangre.

El acceso a la escalera estaba cortado y dos miembros del equipo de seguridad la vigilaban. Al ver que ellos se acercaban, retiraron la cuerda y los dejaron pasar.

–Su alteza ha sido muy amable y se ha ofrecido a enseñarme el castillo –les dijo Sam, aunque no era necesario.

Después ella se percató de que no lo había dicho por los guardias, sino por el resto de invitados que los estaba mirando. Tendría que acordarse de agradecérselo. El hecho de que él se preocupara por su reputación y de que fuera tan amable como para ayudarla a evitar que se avergonzara delante de todo el mundo, provocó que sintiera más ganas de llorar. Estaban a mitad de camino de la segunda planta cuando las lágrimas comenzaron a rodar por sus mejillas y cuando llegaron a la puerta de su habitación y él la acompañó al interior, rompió a llorar con fuerza.

Ella creía que él la dejaría sola, pero Sam cerró la puerta y la abrazó.

Anne lo abrazó también, sin dejar de llorar.

—Sácalo, Annie —susurró él, acariciándole la espalda y el cabello. Nadie, excepto Louisa, la llamaba Annie y, a pesar de que apenas lo conocía, se sentía más cerca de él. Era como si hubieran compartido algo especial. Algo íntimo.

El ataque de llanto fue sorprendentemente corto. Cuando ella se tranquilizó, Sam le entregó su pañuelo y ella se secó los ojos.

—Es cierto que lloras —dijo él, sorprendido.

—Por favor, no se lo cuentes a nadie —susurró ella.

—No me creerían si lo hiciera.

Por supuesto que no. Ella era la princesa de hielo, La Arpía. No tenía sentimientos. Pero lo cierto era que sentía igual que todo el mundo aunque fuera muy buena ocultándolo. Ya no quería ser la princesa de hielo. Al menos, no esa noche. Esa noche quería que alguien conociera a la mujer que era en realidad.

Sam le sujetó el rostro con las manos y le secó el resto de las lágrimas con los pulgares. Ella miró sus ojos azules y sintió que algo se removía en su interior.

No estaba segura de si él había dado el primer paso o si había sido ella, pero de pronto sus labios se encontraron y, en ese instante, ella nunca había deseado tanto a un hombre como a él.

Era evidente que cualquier hombre que acusara a la princesa Anne de ser fría e insensible, no la había besado. Tenía un sabor dulce y salado a la vez, a champán y a lágrimas, y besaba con todo su alma y su corazón.

Aunque Sam no estaba seguro de quién había besado primero a quién, tenía la sensación de que había desatado a una especie de animal salvaje. Ella le quitó la chaqueta y le aflojó la pajarita. Le desabrochó el cinturón y los pantalones y, antes de que él pudiera recobrar la respiración, metió la mano por dentro de su ropa interior y le acarició el miembro. Sam blasfemó en silencio. Algo que nunca se atrevería a hacer en presencia de la realeza, pero le estaba costando asociar a la princesa que él conocía con la mujer salvaje que estaba caminando de espaldas hacia la cama, desabrochándose el vestido y dejándolo caer al suelo. Anne se retiró una peineta con joyas engarzadas y él observó cómo su cabello caía sobre sus hombros como si fuera seda negra. Ella sonrió con picardía, tentándolo con la mirada de unos ojos que tenían el color del cielo antes de una tormenta, gris y turbulenta.

Aunque en circunstancias normales le habría parecido un gesto infantil y maleducado, cuando sus amigos retaron a Sam para que sacara a bailar a la princesa Anne, él había tomado demasiado champán y no se lo pensó dos veces. Desde luego, nunca habría imaginado que ella le pediría salir a bailar primero. Tampoco esperaba acabar en su habitación. Ni que Anne se desvistiera hasta quedarse con un conjunto de ropa interior de encaje negro. Cuando ella se tumbó sobre la cama y gesticuló con un dedo para que se acercara, él supo que no pasaría mucho tiempo antes de que se quedara completamente desnuda.

—Quítate la ropa —dijo ella, mientras se desabrochaba el sujetador.

Sus senos eran pequeños y firmes y él no podía esperar para acariciarlos y besarlos. Se abrió la camisa con brusquedad, arrancándose un par de botones, y se quitó los pantalones, sacando la cartera para más tarde. Fue entonces cuando se percató del error que había cometido y blasfemó de nuevo.

—¿Qué ocurre? —preguntó Anne.

—No tengo preservativos.

—¿No? —dijo ella decepcionada.

Él negó con la cabeza. No solía ir a esos eventos con intención de acostarse con alguien, y si hubiera sido así, habría pensado en llevar a la mujer en cuestión a su casa donde tenía una caja de preservativos en el cajón de la mesilla de noche.

—Está todo controlado —dijo Anne.

—¿Tienes un preservativo?

—No, pero está controlado.

En otras palabras, se estaba tomando un anticonceptivo oral. Pero eso no los protegería de una enfermedad. Él sabía que estaba sano, y era fácil suponer que ella también. Entonces, ¿por qué no? además, Anne tenía aspecto de que no aceptaría un no por respuesta.

Sam dejó el resto de su ropa en un montón y se acercó a ella. Cuando Anne tiró de él para que se acostara y lo besó de manera apasionada mientras se colocaba a horcajadas sobre él, Sam tuvo la sensación de que aquélla sería una noche que no olvidaría con facilidad.

Apenas habían empezado y ya le parecía la mejor relación sexual que había tenido nunca.

# *Capítulo Dos*

«Está todo controlado», pensó Anne mientras se levantaba del suelo del baño, débil y temblorosa, y se apoyaba en el mueble del lavabo. ¿En qué diablos había estado pensando cuando le dijo eso a Sam? ¿Ni siquiera se había parado a pensar en las consecuencias? ¿O en la repercusión de sus actos?

Ella era la única culpable.

Se enjuagó la boca y se lavó la cara con agua fría para tratar de aliviar la náusea que sentía. El médico de la familia, que le había prometido discreción absoluta, le había asegurado que se sentiría mejor en el segundo trimestre. Pero ya estaba en la decimoquinta semana, tres semanas después de la fecha clave, y se sentía como un muerto viviente.

«Pero merece la pena», pensó mientras se cubría el abdomen con la mano.

Le costaba creer que cuando se enteró de que estaba embarazada ni siquiera estaba segura de si quería quedarse con el bebé. Su plan inicial había sido tomarse unas vacaciones en algún remoto lugar, vivir allí hasta dar a luz y después entregar a la criatura en adopción. Entonces, Melissa, la esposa de Chris, había dado a luz a trillizos y Anne acunó entre sus brazos a sus sobrinas y sobrino por primera vez. A pesar de que nunca se había planteado demasiado tener hijos, en ese instante supo que deseaba tener al bebé. Quería a alguien que la amara de manera incondicional. Alguien que dependiera de ella.

Iba a tener a su bebé e iba a criarlo sola. Con el apoyo de su familia, por supuesto. Algo que estaba convencida que recibiría en cuanto les diera la noticia. Hasta ese momento, sólo lo sabía Louisa, su hermana gemela. Y en cuanto a Sam, era evidente que él no quería nada con ella.

La noche que habían pasado juntos había sido como una fantasía convertida en realidad. Durante años, ella había oído hablar a su hermana sobre la posibilidad de encontrar al amor verdadero. Y de hecho, el sueño de Louisa se había hecho realidad en el baile y se había casado con el hombre misterioso, Garrett Sutherland. Pero hasta que Sam besó a Anne, hasta que le hizo el amor de manera apasionada, hasta que se quedaron dormidos abrazados, Anne nunca había creído en el amor. Pero entonces, al parecer, Sam no compartía sus sentimientos.

Ella estaba segura de que para él también había sido algo especial. Incluso cuando despertó sola en la cama y se percató de que él se había marchado sin decir adiós en algún momento de la noche, no perdió la esperanza. Durante semanas permaneció cerca del teléfono, deseando que la llamara. Pero nunca sucedió.

En realidad no debía sorprenderse. Sam se dedicaba a la política y todo el mundo sabía que la política y la realeza no era una buena mezcla. No si Sam quería llegar a ser primer ministro algún día, y eso era lo que ella había oído. La ley impedía que cualquier miembro de la familia real ocupara un puesto en el gobierno. ¿Podía culparlo por elegir una carrera para la que se había estado preparando toda la vida antes que a ella? Por eso ella había tomado la decisión de no contarle que estaba embarazada. Era una complicación que ninguno de los dos necesitaba. Y no estaba segura de querer complicarse a pesar del escándalo que supondría para ella.

Ya imaginaba los titulares: «La princesa Anne embarazada de un amante secreto».

No importaba cómo de liberal se hubiera vuelto el mundo en esos temas, ella pertenecía a la realeza y el estigma los perseguiría, a ella y a su hijo, durante el resto de la vida. Pero no tenía más opciones.

Al ver que se encontraba mejor decidió que debía regresar al comedor e intentar cenar un poco. Geoffrey, el mayordomo, había empezado a servir el primer plato cuando ella sintió una náusea y tuvo que disculparse para ir corriendo al servicio.

Se miró en el espejo por última vez y decidió que no conseguiría tener mejor aspecto. Al abrir la puerta estuvo a punto de chocarse con su hermano Chris, que estaba apoyado contra la pared de fuera.

«Maldita sea».

Su expresión indicaba que había oído que tenía arcadas y que se preguntaba por qué estaba enferma.

–Tenemos que hablar –dijo él, señalando con la cabeza hacia el estudio que estaba al otro lado del pasillo.

–Pero la cena… –contestó ella.

–Ahora mismo, Anne –añadió él.

Puesto que discutir con él supondría una pérdida de tiempo, ella lo siguió. Desde que su padre estaba enfermo, Chris se comportaba como el rey y el cabeza de familia. Ella estaba obligada a obedecerlo.

Podría mentirle y decirle que tenía un virus, o que se había intoxicado, pero al paso que le estaba creciendo el vientre no podría ocultar la realidad durante mucho más tiempo. Pero no estaba segura de si estaba preparada para contar la verdad.

¿O quizá su hermano ya lo sabía? ¿Se lo habría contado Louisa? Anne podría matarla de haber sido así.

Anne entró en el estudio y, a excepción de su madre, su padre y los trillizos, ¡toda la familia estaba allí!

Aaron y su esposa Liv, botánica de profesión, estaban sentados en el sofá con cara de preocupación. Louisa y Garrett, su nuevo esposo, estaban junto a la ventana. Louisa tenía cara de afligida y parecía que Garrett quería estar en cualquier otro lugar que no fuera allí. Melissa, la esposa de Chris, estaba junto a la puerta y parecía nerviosa. Cinco minutos antes, todos estaban cenando en el comedor.

Su primer instinto fue volverse y salir de allí, pero Chris ya había cerrado la puerta.

«Vaya pesadilla».

—Supongo que no he de contaros por qué os he reunido aquí —dijo él.

—Estamos muy preocupados —dijo Melissa, acercándose a Chris—. Anne, últimamente te comportas de manera extraña. Durante los dos últimos meses has estado pálida y apática. Por no mencionar todas las veces que has salido corriendo al baño.

Así que no lo sabían. Louisa había guardado su secreto.

—Es evidente que algo va mal —dijo Aaron.

–Si estás enferma... –empezó a decir Melissa.

–No estoy enferma –le aseguró Anne.

–Un trastorno alimentario es una enfermedad –dijo Chris.

Anne se volvió hacia él, sorprendida porque Louisa también había sospechado lo mismo en un principio.

–Chris, si fuera bulímica, iría al baño después de comer, no antes.

Él la miró con incredulidad.

–Sé que ocurre algo.

–Supongo que todo depende de cómo lo mires.

–¿Cómo? –preguntó Melissa.

«Díselo, tonta».

–Estoy embarazada.

Todos, excepto Louisa, se quedaron boquiabiertos.

–Si es una broma, no es divertida –dijo Chris.

–No es una broma.

–¡Por supuesto! –dijo Melissa, como si acabara de comprenderlo todo–. Debería de haberme dado cuenta. Nunca me habría imaginado...

–¿Que sería tan irresponsable como para meterme en un lío así? –preguntó Anne.

–Ni siquiera sabía que estabas saliendo con alguien –dijo Aaron.

–No salgo con nadie. Sólo fue una aventura de una noche.

–Quizá sea una pregunta absurda –dijo Chris–, pero ¿estás segura? ¿Te has hecho la prueba? ¿Has ido al médico?

Ella se levantó el jersey que se había puesto para ocultar su vientre y se estiró el vestido.

–¿Tú qué crees?

—Santo cielo, ¿de cuánto estás?

—De quince semanas.

—¿Estás embarazada de cuatro meses y no se te ha ocurrido mencionarlo?

—Pensaba anunciarlo en el momento adecuado.

—¿Cuándo? ¿Cuando rompieras aguas? —soltó él, y Melissa puso la mano sobre su hombro para tranquilizarlo.

—No hace falta que seas insolente —dijo Anne.

—Estás cambiando, Anne —dijo Chris.

—No es que me haya quedado embarazada a propósito, sabes —aunque él tenía razón. Había sido una irresponsable.

«Está todo controlado», recordó sus brillantes palabras.

—Cuando se entere la prensa será una pesadilla —dijo Melissa. Puesto que ella era una princesa ilegítima, lo sabía bien. Hasta hacía poco había vivido en los Estados Unidos, sin saber que era la heredera al trono de Morgan Isle.

—¿Y qué pasará con el Gingerbread Man? —preguntó Louisa, hablando por primera vez—. Estoy segura de que aprovechará la oportunidad para asustarnos.

El auto denominado Gingerbread Man era un hombre trastornado que llevaba más de un año molestando a la familia real. Había entrado en el sistema informático de la familia y le había enviado a Anne y a sus hermanos truculentas versiones de cuentos de hadas, después había burlado el sistema de seguridad del palacio y había dejado una nota siniestra. Poco después, haciéndose pasar por un empleado, había conseguido llegar hasta la sala de espera privada que la familia real empleaba en el hospital. Horas después de que se marchara, los miembros del equipo de seguridad encontraron un sobre con varias fotografías de Anne y sus hermanos que él había tomado en diferentes lugares, para que supieran que los estaba controlando.

A veces permanecía en silencio durante meses, sin embargo, siempre que pensaban que ya se habían deshecho de él, aparecía de nuevo. En Navidad les envió una cesta con fruta podrida y un correo electrónico felicitando a Chris y a Melissa por los trillizos antes de que hubieran anunciado formalmente el embarazo.

Su última fechoría había consistido en entrar a la floristería la noche anterior de la boda de Aaron y Liv, en marzo, y rociar las flores con algo que provocó que se marchitaran justo a tiempo de la ceremonia.

Anne estaba segura de que aquel hombre haría algo cuando se enterara de que estaba embarazada, pero se negaba a que eso la afectara.

—No me importa lo que haga —dijo ella, alzando la barbilla con desafío—. Personalmente, estoy dispuesta a hacerlo público para ver si comete un error y lo pillan.

—Hemos decidido no hacerlo —dijo Chris.

—¿Y qué hay acerca del bebé? —preguntó Aaron—. ¿Va a hacerse responsable?

—Como os he dicho, fue una aventura de una noche.

Chris frunció el ceño.

—¿No se ha ofrecido a casarse contigo?

—No. Además, no pertenece a la realeza.

—Me importa un comino quién sea. Tiene que responsabilizarse de sus actos.

–Liv y Garrett no pertenecen a la realeza. Y yo sólo a medias –añadió Melissa.

–Da igual. Él está fuera de la escena –insistió Anne.

–¿Eso es lo que ha elegido? –preguntó Aaron.

Anne se mordió el labio.

–¿Anne? –preguntó Chris, y al ver que continuaba en silencio blasfemó en voz baja–. No lo sabe, ¿no es así?

–Creedme cuando digo que es mejor así.

Melissa chasqueó la lengua con desaprobación.

–No es tu decisión –dijo Chris–. No me importa quién sea él, tiene derecho a saber que va a tener un hijo. Ocultárselo es una locura.

Ella sabía que en el fondo él tenía razón. Pero se sentía herida y era muy testaruda. Si Sam no la quería, ¿por qué debía de tener contacto con su hijo?

–Puede que Sam se dedique a la política, pero es un buen hombre –dijo Chris.

Todo el mundo se quedó boquiabierto, Anne incluida. No le había contado a nadie quién era el padre. Ni siquiera a Louisa.

–¿Cómo sabes…?

–Pura matemática. ¿De veras crees que Melissa y yo hemos pasado varios meses entre tratamientos de fertilidad y que no hemos aprendido nada acerca de cómo embarazarse? La concepción debió de tener lugar cerca del día del baile benéfico. ¿Y crees que pasó inadvertido que Sam desapareciera a mitad de noche?

«No, por supuesto que no».

–Nunca dijiste nada.

–¿Qué se supone que podía decir? Eres una mujer adulta. Mientras seas discreta, con quién te acuestes es asunto tuyo –la sujetó por los hombros–. Pero ahora, debes llamarlo para quedar con él.

–¿Para qué? ¿Para que puedas hablar con él?

–No. Para que tú hables con él. Porque no sólo es injusto para Sam, sino también para el bebé que llevas en el vientre. Él o ella se merece que le des la oportunidad de conocer a su padre. Si eso es lo que Sam quiere.

–Tiene razón –dijo Louisa–. Ponte en el lugar de Sam.

–Debes contarle la verdad –dijo Aaron.

Ella jugueteó con la costura del jersey. Era incapaz de mirar a Chris a los ojos porque sabía que tenía razón. Si no por Sam, por el bien del bebé.

–No estoy segura de qué decir.

–Bueno –intervino Melissa–. Normalmente, para mí lo mejor es empezar por la verdad.


Sam acababa de terminar una conversación telefónica con el Secretario de Estado del DFID, o lo que los británicos llamaban el Departamento para el Desarrollo Internacional, cuando Grace, su secretaria, lo llamó.

–Tiene una visita.

¿Una visita? Él no recordaba que tuviera ninguna cita aquella tarde. ¿Sería que Grace habría concertado una cita y se había olvidado de comentárselo? O quizá se había vuelto a equivocar a la hora de meter los datos en el ordenador.

Él estaba convencido de que en su momento debió de ser muy eficiente en el despacho de su padre, pero ya debía de haberse retirado hacía tiempo.

—¿Tienen cita? —preguntó él.

—No, señor, pero...

—Entonces, no tengo tiempo. Estaré encantado de atenderlos cuando concierten una cita —colgó deseando ser capaz de convencer a su padre para que la jubilaran o para que se la asignaran a otra persona. Pero ella llevaba en el despacho desde que su padre era un joven dedicado a la política y siempre le había sido fiel. Sam habría sospechado que tenían algún tipo de relación de no haber sido porque ella era quince años mayor que su padre y porque ambos estaban felizmente casados con otra persona.

Llamaron a la puerta del despacho y Sam trató de no perder la paciencia. ¿Es que Grace no comprendía el significado de la palabra «no»?

—¿Qué quieres? —preguntó.

Se abrió la puerta y comprobó que no era Grace la que llamaba. Era Anne. La princesa Anne. Que se hubiera acostado con ella no le daba derecho a prescindir de las formalidades.

—Alteza —la saludó, levantándose de la silla y haciendo una reverencia, a pesar de que no pudo evitar recordarla desnuda y poseyéndolo, sentada a horcajadas sobre su cuerpo hasta que ambos llegaron al éxtasis. Habían superado cualquier idea preconcebida que él tuviera acerca de lo que era estar con una mujer. Era una lástima que no tuvieran futuro juntos.

Él había estado a punto de llamarla varias veces durante las semanas siguientes a la noche que pasaron juntos, pero antes de marcar el número siempre se enfrentaba a la cruda realidad.

No importaba lo que sintiera por ella, ni lo mucho que hubieran conectado, si quería llegar a ser Primer Ministro, no podría tenerla a su lado.

Hacía tiempo que había aceptado que conseguir lo que deseaba implicaba sacrificio. Sin embargo, nunca había encontrado algo que le costara tanto.

–¿Es mal momento? –preguntó ella.

–No, por supuesto que no. Pase, por favor.

Ella entró en el despacho y cerró la puerta. Aunque en la mayoría de las ocasiones ella se comportaba con frialdad, ese día parecía nerviosa y miraba a todos sitios menos a él.

–Siento interrumpirte de esta manera. Temía que si llamaba te negaras a recibirme.

–Sería bienvenida en cualquier momento, alteza –rodeó el escritorio y señaló un sofá–. Por favor, tome asiento. ¿Puedo ofrecerle algo de beber?

–No, gracias. Estoy bien –se sentó en el borde del sofá y se colocó el bolso sobre el regazo.

Él se sentó en una silla. Se fijó en que parecía más delgada que la última vez que la había visto y que estaba pálida. ¿Estaría enferma?

–¿Quizá un vaso de agua? –preguntó él.

Ella negó con la cabeza y apretó los labios. Él se fijó en cómo se ponía amarilla.

–¿El lavabo? –preguntó ella con pánico en la voz.

Él señaló hacia el otro lado de la habitación.

–Justo ahí…

Ella se levantó cubriéndose la boca con una mano y corrió hacia el lavabo antes de que él pudiera terminar la frase. Él la siguió y esperó afuera, estremeciéndose al oír que tenía arcadas. Era evidente que le pasaba algo terrible. ¿Pero por qué había ido a verlo? Apenas se conocían.

Oyó el sonido de la cisterna y después el agua del grifo.

–¿Quiere que avise a alguien? –preguntó él.

Entonces, se abrió la puerta y salió Anne, pálida y temblorosa.

–No, estoy bien. Sólo muy avergonzada. No tenía que haber comido antes de venir aquí.

–¿Por qué no se sienta? –se acercó para ayudarla, pero ella rechazó su ayuda.

–Yo puedo –cruzó la habitación y se sentó de nuevo en el sofá.

Sam se sentó de nuevo en la silla.

–Perdóneme por ser tan directo, alteza, pero ¿está enferma?

–Sam, hemos compartido toda la intimidad que dos personas pueden compartir, así que, por favor, llámame Anne. Y no, no estoy enferma. No como podrías pensar.

–Entonces, ¿cómo?

Ella respiró hondo y lo soltó.

–Estoy embarazada.

–¿Embarazada? –repitió él.

Ella asintió.

Sam no se lo esperaba. Él apenas había sido capaz de mirara a otra mujer sin recordar el rostro de Anne, pero al parecer ella no había tenido problema para continuar con su vida. ¿Y qué motivo tenía para no hacerlo? Quizá, para ella, aquella noche no había sido tan fantástica como había sido para él. Eso explicaría por qué ella no había intentado hablar con él después.

Pero si ella estaba contenta, él se alegraba por ella.

–No había oído nada. Enhorabuena.

Ella lo miró y dijo:

–Estoy de cuatro meses.

¿Cuatro meses? Se dio cuenta de que la noche que habían pasado juntos había sido hacía casi cuatro meses…

Sam sintió un nudo en el estómago.

–Sí, es tuyo –dijo ella.

–¿Estás segura?

Ella asintió.

–No ha habido nadie más. Ni después, ni durante mucho tiempo antes.

–Creí que dijiste que lo tenías controlado.

–Supongo que nada está garantizado al cien por cien. Si quieres la prueba del ADN…

–No –dijo él–. Confío en ti.

Iba a tener un hijo con la princesa. Iba a ser padre.

Él siempre había pensado que algún día tendría una familia, pero cuando ya estuviera establecido profesionalmente. Y con la mujer adecuada.

–Probablemente te preguntes por qué he esperado tanto para contártelo.

–¿Y por qué?

–Yo… No quería cargarte con esto. No quería que te sintieras obligado. Ahora me doy cuenta de que ha sido injusto por mi parte. Te pido disculpas. Sólo quiero que sepas que no espero nada de ti. Estoy preparada para criar a este hijo sola. Si quieres formar parte de su familia es elección tuya.

–Quiero dejarte una cosa clara. Esa criatura es mía y voy a formar parte de su vida.

–Por supuesto –dijo ella–. No estaba segura. Algunos hombres…

26

–Yo no soy como esos hombres –dijo él–. Espero que eso no suponga un problema para ti o tu familia.

Ella negó con la cabeza.

–No, por supuesto que no. Creo que es maravilloso. Un hijo debe de tener ambos progenitores.

Sam se apoyó en el respaldo de la silla y negó con la cabeza.

–Yo… ¡Vaya! Esto sí que es una sorpresa.

–Lo entiendo, créeme. Ésta no era la manera que imaginaba para formar una familia.

–Supongo que habrá que anunciarlo de alguna manera –podía imaginar lo que dirían sus amigos. Durante semanas después de la fiesta habían insistido en que les contara por qué se había marchado con la princesa de forma repentina, pero él no les había contado nada. Sin embargo, todo el mundo se enteraría. Y no era que se avergonzara de lo que había hecho.

–Sabes que la prensa será muy dura.

–Lo sé. Cuando se enteren de que tú eres el padre y de que no estamos juntos, no nos dejarán en paz.

Si eso era una indirecta sobre el futuro de su relación, Sam sentía decepcionarla. No estaba dispuesto a abandonar todo por lo que había luchado tanto, el sueño de su vida, por una aventura de una noche.

Le gustaba Anne, incluso la deseaba, pero el matrimonio quedaba fuera de cuestión.

# Capítulo Tres

–Los periodistas tendrán que acostumbrarse a la idea de que seamos amigos –dijo Sam.

–Espero que seamos capaces de serlo, por el bien de la criatura.

–¿Y tu familia? ¿Qué opina de esto?

–Hasta el momento sólo lo saben mis hermanos. Se han llevado una sorpresa, pero me apoyan. Mi padre está muy delicado de salud así que hemos decidido esperar para contárselo a él y a mi madre. He de admitir que te lo has tomado mucho mejor de lo que esperaba. Creía que te enfadarías.

–Fue un accidente. ¿Qué derecho tendría a enfadarme? No me obligaste.

–¿No?

Sam no iba a negar que ella había tomado la iniciativa y que había sido un poco agresiva. Pero él había estado dispuesto a participar.

–Anne, ambos somos responsables de lo sucedido.

–No todos los hombres opinarían lo mismo.

–Sí, pero yo no soy como todos los hombres.

Se hizo un pequeño silencio y Sam lo interrumpió.

–¿Todo va bien? Me refiero al embarazo. ¿El bebé y tú estáis bien?

–Sí –dijo ella, y se llevó la mano al vientre de manera instintiva–. Todo va bien.

–¿Sabes el sexo del bebé?

–No. Lo sabré el mes que viene, con la próxima ecografía –hizo una pausa y añadió–. Tú puedes ir también, si quieres.

–Me gustaría. ¿Y ya se te nota?

–Un poco. ¿Quieres verlo? –se levantó el top que llevaba y le mostró el vientre. ¿Por qué iba a sentir vergüenza si él ya la había visto desnuda?

–¿Puedo tocártelo? –preguntó él sin pensar.

–Por supuesto –dijo ella, e hizo un gesto para que se acercara.

Él se sentó en el sofá junto a ella y colocó la mano sobre su vientre. Tenía la piel suave y el aroma de su cuerpo invadía el ambiente. La mano de Sam era tan grande que sus dedos cubrían hasta la costura de su ropa interior.

Quizá aquello no fuera una buena idea. Saber que no podían estar juntos no hacía que la deseara menos. Y saber que era el padre de la criatura que llevaba en el vientre hacía que sintiera un deseo irracional de protegerla, de hacerla suya.

¿No era eso lo que había sentido la noche que habían hecho el amor?

–¿Notas que se mueve?

–Un poco. Todavía no da patadidas. Pero aprieta aquí –dijo ella, y presionó sus dedos contra una parte dura de su vientre. Lo miró y sonrió–. ¿Lo notas?

Él tuvo que contenerse para no acercarse y besarla en los labios. Inhaló el aroma de su cabello, de su piel, y deseó saborearla de nuevo. Poseerla. Pero mantener relaciones sexuales en aquellos momentos, con las hormonas y las emociones a flor de piel, provocaría un desastre.

Era como si ella hubiese percibido lo que él estaba pensando porque, de pronto, se sonrojó. Sin darse cuenta, él había empezado a acercarse y ella había alzado una pizca la barbilla, como si estuvieran atraídos por un fuerte magnetismo. Afortunadamente, él recobró la sensatez y se separó de ella. Retiró la mano de su vientre y se puso en pie con el corazón acelerado.

–Esto no es una buena idea –dijo él.

–Tienes razón –convino ella–. No estaba pensando.

–Lo mejor para los dos será que mantengamos una relación distante. De otro modo, podríamos confundirnos.

–Sin duda.

–Y será un reto –admitió él–. Es evidente que me siento atraído por ti.

–Parece que existe algún tipo de conexión.

Eso por decir algo. Él estaba teniendo que controlarse mucho para evitar tomarla entre sus brazos allí mismo, en el despacho. Aunque estuviera embarazada deseaba arrancarle la ropa y poseerla hasta que ella gritara de placer. Igual que había hecho aquella noche en su habitación. Él nunca había estado con una mujer que reaccionara de esa manera a sus caricias, tan fácil de complacer. No podía evitar preguntarse si el embarazo habría cambiado ese detalle. Había oído que las mujeres embarazadas a veces eran incluso más receptivas a la estimulación física. Y quizá fuera cierto, porque podía ver que sus pezones se habían puesto erectos a través de la ropa. Tenía los senos más grandes y redondeados. ¿Qué haría si introducía uno en su boca?

Él tragó saliva y miró a otro lado, volviéndose hacia el escritorio para que no viera cómo se había excitado.

–Mencionaste una ecografía. ¿Sabes la fecha y la hora para que pueda marcarla en mi agenda?

Ella le dio la información y el se sentó para apuntarla.

–A lo mejor podríamos cenar juntos este viernes –dijo ella–. Una cena de amigos, por supuesto. Para poder hablar sobre cómo pensamos llevar el tema de la prensa y la custodia.

Eso le dejaría tres días para pensar en todo aquello. Él siempre prefería tener un plan de actuación consolidado antes de entrar en cualquier tipo de negociaciones.

–¿Qué tal si cenamos en mi casa? –preguntó él–. ¿A las siete?

–Si no te importa que tu casa se llene de seguridad. Seguimos en máxima alerta.

Él frunció el ceño.

–¿La familia real sigue amenazada?

–Por desgracia sí.

Lo único que él sabía de la situación era lo que había leído en los periódicos.

–O sea que es serio –dijo él.

–Más de lo que nadie piensa, me temo. Hemos recibido amenazas violentas. Quizá debería advertirte de que una vez que nos asocien, puede que tú también te conviertas en objetivo.

–No me preocupa. Y en cuanto al bebé, supongo que hasta que no se lo cuentes a tu padre no se anunciará a la prensa.

–Por supuesto que no.

–Tengo intención de contárselo a mi familia, pero ellos lo mantendrán en silencio.

–Por supuesto que debes contárselo. ¿Crees que se disgustarán?

Su aspecto vulnerable lo sorprendió. Él pensaba que ella no tenía miedo de nada. O que no le importaba lo que pensaran de ella. ¿Pero no había descubierto la noche de la fiesta que no era tan dura como le gustaba aparentar?

–Creo que se sorprenderán, pero que se alegrarán –dijo Sam.

Y esperaba que fuera verdad.


Aquella noche Sam pasó por casa de sus padres para darles la noticia. Cuando llegó acababan de terminar de cenar y estaban en la terraza tomándose un brandy mientras contemplaban la puesta de sol. A pesar de que su padre siempre se había dedicado de pleno a la política y de que su madre realizaba giras como cantante de ópera, siempre encontraban tiempo para estar juntos. Después de cuarenta años seguían felizmente casados.

Ése era el tipo de matrimonio que Sam imaginaba para sí. Pero no había conocido a ninguna mujer con la que pensara que podría pasar el resto de su vida. Hasta que conoció a Anne. Y era una ironía que no pudiera disfrutar de ella después de haberla encontrado.

Él no estaba seguro de cómo iban a tomárselo sus padres cuando se enteraran de que iban a ser los abuelos del príncipe, o la princesa, de Thomas Isle, pero dadas las circunstancias, se lo tomaron bastante bien.

Probablemente porque llevaban tiempo deseando tener nietos y Adam, el hermano mayor de Sam, todavía no se los había dado.

–Estoy segura de que voy a parecerte anticuada –dijo la madre–, pero nos gustaría que te casaras.

–Madre…

–Sin embargo –continuó ella–, comprendemos que tienes que hacer aquello que te parezca bien.

–Si me casara con Anne, pasaría a formar parte de la realeza y nunca llegaría a ser primer ministro. No estoy dispuesto a hacer ese sacrificio.

–Tu hijo recibirá tu apellido.

–No es necesario casarse para eso. Lleva mi apellido desde el momento de la concepción.

–¿Es niño? –preguntó la madre.

–O niña.

–¿Os enteraréis?

–Me gustaría. Y creo que a Anne también. Tiene que hacerse una ecografía dentro de cuatro semanas.

–A lo mejor la puedo invitar a tomar el té –sugirió ella, y al ver que Sam ponía cara de preocupación, añadió–. Tengo derecho a conocer a la madre de mi futuro nieto.

Ella tenía razón. Y él estaba seguro de que Anne estaría encantada de complacerla.

–Se lo mencionaré.

–Sabes que esto va a ser complicado –dijo su padre–. Ellos piensan de manera distinta a nosotros.

–¿Ellos?

–Los miembros de la realeza.

–No tan diferente como crees –dijo Sam–. Al menos, Anne. Es bastante realista.

–Sólo he hablado brevemente con la princesa –dijo su madre–. Pero parecía encantadora.

Sam percibió algo en su tono de voz y supo lo que estaba pensando.

–Sé que probablemente hayas oído cosas sobre ella. Cosas desfavorables. Pero no se parece en nada a lo que esperarías de ella. Es una mujer inteligente y encantadora –«Y fantástica en la cama…».

–Parece que estás bastante atraído por ella –comentó la madre.

Era cierto. Probablemente demasiado para su propio bien. Confiaba en que cuando Anne empezara a mostrar más su embarazo, y sobre todo después de que naciera el bebé, le sería más fácil verla como la madre de su hijo y no como una mujer sexualmente atractiva.

–Tengo la esperanza de que Anne y yo lleguemos a ser buenos amigos, por el bien de la criatura, pero nunca llegaremos a ser nada más.

Él sabía que estaban desilusionados. No era eso lo que sus padres habían imaginado para él y, sinceramente, él tampoco. Sam siempre había imaginado que le pasaría algo parecido a lo que les había pasado a ellos. Conocería a una mujer, saldría con ella durante un tiempo razonable, se casarían y formarían una familia. Sam se convertiría en primer ministro y su esposa desarrollaría una carrera profesional que a pesar de estar bien remunerada le permitiría tiempo para darle prioridad a la familia.

Pero no le había salido el plan.

–Mientras tú estés feliz, nosotros estaremos contentos –dijo la madre.

Sam confiaba en que lo dijera en serio. A pesar de

que no parecía que estuvieran desilusionados, Sam no podía evitar tener la sensación de haberlos decepcionado. O de haberse decepcionado a sí mismo.

O peor aún, ¿estaría decepcionando a su hijo?

Lo que había sucedido había sido un accidente, pero el que pagaría por ello sería el bebé. Sería a él a quien perseguirían los periodistas. Y al pertenecer a la realeza, el estigma de la ilegitimidad lo marcaría durante toda su vida. ¿Era justo que el bebé pasara por todo aquello debido a que él daba prioridad a sus deseos?

Sin duda era algo que debía considerar.

Aquella noche acababa de llegar a casa cuando recibió una llamada de la secretaria del príncipe Christian a su teléfono móvil. Era extraño que lo llamara casi a las diez de la noche, y más aun que lo llamara a su número privado ya que esas llamadas solía recibirlas en el despacho.

—Su alteza, el príncipe Christian, requiere su presencia en el salón privado que la familia real tiene en el Club Náutico Thomas Bay, mañana a la una y media —dijo ella.

—¿Y a qué se debe esa reunión? —preguntó él.

—A un asunto privado.

Tenía que haberlo imaginado. El príncipe Christian consideraba que era su obligación cuidar de su hermana. Eso no significaba que Sam fuera a permitir que él lo intimidara o lo mangoneara.

—Dígale al príncipe que estaré encantado de reunirme con él a las tres.

Hubo un breve silencio, como si la idea de que alguien pudiera rechazar una invitación del príncipe fuera inconcebible. Finalmente, la secretaria contestó:

–¿Puede esperar un momento, por favor?

–Por supuesto.

Al cabo de unos minutos, la secretaria se puso de nuevo al teléfono.

–A las tres está bien. El príncipe le pide que por favor no comente nada acerca de esta reunión, ya que se trata de un tema delicado.

Sam imaginó que Anne no sabría nada de la reunión y que el príncipe preferiría que fuera de esa manera. Estaba seguro de que el príncipe trataría de convencerlo para que se casara con Anne. Y, sinceramente, si Sam tuviera una hermana en una situación similar, haría lo mismo.

Pero estaban en el siglo XXI y era habitual que la gente tuviera hijos sin estar casados. A veces, incluso los miembros de la realeza. La esposa del príncipe Christian, la princesa Melissa de Morgan Isle, era una heredera ilegítima. De hecho, con dos herederos ilegítimos y un antiguo rey que carecía de la habilidad de mantener su bragueta cerrada, la familia real de Morgan Isle era conocida por sus escándalos. Por comparación, los miembros de la familia real de Thomas Isle eran unos santos. ¿Sería tan terrible que tuvieran un pequeño escándalo?

¿Pero era justo para el bebé, que ni siquiera tenía elección en ese asunto? ¿No era responsabilidad de un padre proteger a sus hijos?

¿A qué precio?

\*\*\*

Sam durmió mal aquella noche y, al día siguiente, tuvo problemas para concentrarse en el trabajo. Se marchó del despacho temprano y se dirigió a la reunión que tenía con el príncipe.

Llegó con cinco minutos de antelación. El príncipe estaba esperándolo sentado en una butaca de cuero y contemplando el mar. Se levantó para saludar a Sam.

–Alteza –Sam inclinó la cabeza y estrechó la mano que le ofrecía el príncipe Christian.

–Me alegro de que haya aceptado mi invitación –dijo él.

«El príncipe requiere su presencia», parecía más una orden que una invitación.

–No era consciente de que fuera algo opcional.

–Siento que le haya dado esa impresión. Pensé que sería apropiado que tuviéramos una charla amistosa, teniendo en cuenta las circunstancias –señaló hacia una silla que estaba frente a él–. Tome asiento, por favor. ¿Le apetece beber algo?

Beber demasiado champán había provocado que Sam se metiera en ese lío. Si hubiese estado sobrio, nunca se habría acercado a la princesa y mucho menos habría bailado con ella.

–No, gracias.

Ambos se sentaron.

–No pretendo ofenderlo, pero si la situación a la que se refiere tiene que ver con que sea el padre de la criatura que lleva su hermana en el vientre, no tenemos nada de qué hablar, alteza.

–¿Eso cree?

–Sí.

–Me temo que estoy en desacuerdo.

–Esto es algo entre Anne y yo.

–Nadie desearía más que yo que así fuera. Por desgracia, lo que Anne hace afecta a toda nuestra familia. Confiaba en que usted haría lo correcto, pero entiendo que no es el caso.

–Por supuesto que haré lo correcto. Pero lo que yo considere correcto.

–¿Y puedo preguntarle qué es?

–Como ya le he dicho, este asunto es entre la madre de mi hijo y yo.

Él príncipe se puso serio. Era evidente que no le gustaba que Sam no le siguiera el juego. Pero Sam no permitiría que el príncipe, ni ningún miembro de la familia real lo pisoteara.

El príncipe Christian se inclinó ligeramente hacia delante.

–No quiero que la reputación de mi hermana, y mucho menos la de su hijo, se vea mancillada porque usted no haya sido capaz de controlarse.

–Si culpándome a mí de la situación dormirá mejor…

–Está siendo poco razonable.

–Al contrario, estoy siendo muy razonable. Estoy teniendo en cuenta la privacidad de su hermana.

–Esto incumbe a más gente aparte de a Anne y a usted. Sabe que nuestro padre no está bien de salud. Su corazón no soportará un escándalo así.

¿Así que Sam no sólo mancillaba reputaciones sino que además iba a matar al rey?

–Siento oír tal cosa, pero aun así no voy a hablar con usted.

–Podría hacer que su vida se convierta en algo desagradable –lo amenazó el príncipe–. Si siento que está deshonrando el nombre de mi hermana, la emprenderé contra usted.

Sam se encogió de hombros.

–Haga lo que quiera, alteza. No voy a discutir con usted acerca de los asuntos privados de Anne.

El príncipe Christian lo miró durante largo rato y Sam se preparó para recibir su ataque. Pero en lugar de estallar con rabia, el príncipe negó con la cabeza y soltó una carcajada.

–Cielos, Baldwin, tiene un par de narices.

–No reacciono bien ante las amenazas.

–Y a mí no me gusta emplearlas. Pero tengo la obligación de cuidar de mi familia. Lo cierto es que si no fuera por el delicado estado de salud de mi padre, no estaríamos manteniendo esta conversación. Está muy enfermo y le haría muy feliz ver casada a su hija mayor antes de tener un hijo.

–Siento oír que su padre no está bien. Es una persona a la que aprecio.

–Y yo comprendo su situación, Sam. En serio. Todo el mundo sabe que pretende seguir los pasos de su padre y creo que tiene la fortaleza para hacerlo. Pero eso sería imposible si se casara con mi hermana. Además, se ha creado muy buena fama como asesor de todo lo relativo a asuntos exteriores. Si se casara con mi hermana, le ofrecerían un puesto influyente y poderoso dentro de la monarquía.

Tras haber trabajado para el gobierno durante buena parte de su vida, la idea de ocupar un puesto en la monarquía era penosa. No es que no estuvieran del mismo lado cuando se trataba de servir al pueblo. Pero para Sam siempre había sido un «nosotros contra ellos».

Por no mencionar que aunque disfrutaba trabajando en asuntos exteriores, había establecido su meta en una posición más alta.

–¿Ha pensado en lo difícil que será para su hijo ser ilegítimo?

–Es en lo único que he estado pensando –y cuanto más pensaba en ello más se daba cuenta de que casarse con Anne era lo más adecuado. No era un embarazo planificado, pero había sucedido y tenía que dar prioridad al bienestar de su hijo frente a todo lo demás. Incluidas sus ambiciones políticas.

–¿Cómo es ser padre? –preguntó Sam.

El príncipe sonrió dejando claro el afecto que sentía hacia sus hijos.

–Es emocionante, aterrador, y más gratificante que todo lo demás que he hecho en la vida. Algo inimaginable. Tengo tres maravillosas personitas completamente indefensas que dependen de mí y de su madre para sobrevivir. A veces es abrumador.

–Y si alguien le dijera, abandone el trono o sus hijos vivirán una vida deshonrosa.

–No hay duda. Mis hijos son la prioridad.

Como debería ser.

–Sabe que mi esposa nació fuera del matrimonio –dijo el príncipe.

Sam asintió.

–No se enteró de que pertenecía a la realeza hasta que cumplió los treinta años, y aun así fue muy difícil para ella. ¿Ocultarle eso a un niño? Como si la vida de un miembro de la realeza no fuera lo bastante dura. Los niños necesitan estabilidad y consistencia.

Algo que sería más difícil de ofrecerle a un niño

que tuviera que pasar de un progenitor a otro y que además estuviera bajo la atenta mirada de los periodistas.

Sam se había criado en una situación idílica y siempre había deseado ofrecerles lo mismo a sus hijos. ¿Aquella criatura no se merecía lo mismo?

Había pasado de juguetear con la idea de casarse con Anne a pensarlo seriamente. Y después de haberlo hablado con el príncipe, apenas tenía ninguna duda al respecto.

Podría pensárselo un poco más, darle vueltas y vueltas hasta estar completamente seguro pero, en el fondo, sabía que la decisión ya estaba tomada.

Iba a casarse con la princesa.

# *Capítulo Cuatro*

La casa de Sam no era lo que Anne había esperado.

Ella se había imaginado una mansión moderna o un apartamento cerca del mar con todos los servicios que un hombre rico y soltero podría desear. Sin embargo, cuando su chófer se metió en la entrada de grava, lo que vio era una imagen sacada de Hansel y Gretel.

Sam vivía en una casita pintoresca en mitad de un bosque de pinos y robles, tan denso que el sol apenas bañaba su tejado. Era un lugar tranquilo, retirado y maravilloso.

Por no mencionar que era una pesadilla en cuanto al tema de seguridad.

—A lo mejor deberíamos cenar en el palacio —le dijo Anne a Gunter, su guardaespaldas, que estaba sentado en el asiento del copiloto.

—No hay problema —contestó él con un fuerte acento ruso.

Él se miró en el retrovisor y se pasó la mano por su cabello corto y rubio. Gunter se parecía un poco a Arnold Schwarzenegger y a Anne le parecía atractivo. Las mujeres se derretían en su presencia, sin sospechar que un hombre de aspecto duro y masculino viviera con un gato llamado Toodles y una pareja llamada David. Gunter tenía mucho estilo y era mucho más intuitivo que la mayoría de las mujeres que ella conocía. De hecho él había adivinado que ella estaba embarazada mucho antes de que su familia lo notara. Anne lo había negado rotundamente y Gunter se había presentado con un test de embarazo.

–Es bueno que lo sepas –había dicho él, y se había sentado en la cama mientras ella se hacía la prueba. Después, cuando la prueba dio positivo, permitió que se desahogara con él.

Gunter también había pertenecido a la KGB y podría retorcer el cuello de un hombre sin esfuerzo.

El coche se detuvo y Gunter salió para abrirle la puerta.

–Haré un rastreo –dijo él, ayudándola a salir.

–Es el padre de mi hijo. ¿Es necesario?

Gunter la miró y ella supo que no tenía sentido discutir.

–Estupendo –contestó Anne, suspirando.

Cuando empezaron a andar se abrió la puerta de la casa y apareció Sam. Iba vestido con un pantalón de color azul oscuro y una camisa azul claro arremangada.

Sonrió y, al ver sus hoyuelos, ella deseó que el bebé se pareciera a él.

Notó que se le aceleraba el corazón y que comenzaban a temblarle las manos.

–Hola –dijo ella, cuando llegó al pequeño porche donde había una mecedora y una maceta llena de petunias amarillas y moradas.

Sam se apoyó en la puerta sin dejar de sonreír y se fijó en la falda de algodón marrón que llevaba y en la blusa sin mangas de color amarillo. Era la ropa de color que todavía le quedaba bien.

Sam la miró de arriba abajo y dijo:

–Estás preciosa.

–Gracias. Tú también tienes buen aspecto –respondió ella, notando que se ponía nerviosa.

«Sólo he venido para hablar del bebé. No para continuar enamorándome de él».

A su lado, Gunter se aclaró la garganta. Tenían que hacer el registro.

–¿Te importaría que Gunter hiciera un pequeño registro de la casa? –preguntó Anne.

Sam se encogió de hombros e hizo un gesto para que pasaran.

–Adelante, Gunter.

Gunter miró a Anne fijamente, como diciéndole no te muevas.

–No me gustaría encontrármelo en un pasaje oscuro –dijo Sam, cuando él desapareció en el interior–. Gunter. Es alemán, ¿no?

–Por parte de su madre, pero se crió en Moscú.

Anne miró hacia el interior de la casa. Era igual de anticuado que el exterior, con muebles viejos pero de aspecto cómodo y muchos adornos.

–Es una casa bonita –dijo ella–. Aunque no es lo que esperaba.

–Lo sé, soy extremadamente seguro en lo que a mi masculinidad se refiere.

–Supongo que sí.

Él se rió.

–Lo siento, pero ningún hombre es tan seguro. Es la casa de mi abuela.

–¿Vives con ella?

–Sólo en espíritu. Falleció hace tres años.

–Oh, lo siento mucho.

–Vivo aquí de forma temporal. Mientras acaban mi casa.

–¿Estás reformándola?

–Más o menos. Aunque no por elección. Tenía una gotera en el tejado y cuando el techo de la cocina y del dormitorio comenzó a desprenderse, decidí que había que hacer algo. Entonces, pensé que ya que tenía que marcharme de todas maneras, lo mejor era aprovechar y renovar la cocina. Así que tres días de obra se convirtieron en tres semanas –señaló hacia el interior–. ¿Puedo enseñarte la casa?

–No hasta que Gunter dé el visto bueno.

–Ya –dijo él–. Por si tengo un asesino escondido bajo el sofá.

–Lo sé, es ridículo.

Él se puso serio.

–Para nada –comentó y estiró el brazo para colocar la mano sobre el vientre de Anne.

Ella notó que le flaqueaban las piernas. Él la miraba fijamente y sus bocas estaban demasiado cerca.

–No si eso hace que Sam Junior y tú estéis a salvo.

¿No habían acordado que sería más prudente mantener una distancia física? Que cuando se acercaban demasiado… ¿Qué había dicho?

–¿Sam Junior?

–Sí, Sam Junior –dijo él con una sonrisa y dándole una palmadita en el vientre antes de retirar la mano.

–¿Crees que es un niño?

–Eso es lo bueno. Sirve para niño o para niña. Samuel o Samantha. En cualquier caso, lo llamaremos Sam.

Ella se cruzó de brazos.

–Parece que lo tienes todo pensado.

Él la miró fijamente.

–Soy un hombre que sabe lo que quiere, alteza.

Su mirada indicaba que la deseaba, pero ella sabía que sólo estaba bromeando. Pero si Gunter no hubiera aparecido en aquel momento, Anne se habría derretido en la misma puerta.

–Todo está bien –dijo Gunter cuando salió al porche e hizo un gesto para que Anne entrara. Cuando Sam cerró la puerta, Anne supo que Gunter esperaría en el porche, sin moverse de allí hasta que llegara el momento de marcharse.

–¿Estás preparada para que te la enseñe? –preguntó Sam.

Anne asintió. Realmente no había mucho que ver. En el salón había un sofá, una mecedora y un desvencijado mueble con un televisor. La cocina era pequeña pero funcional, con electrodomésticos anticuados. A juzgar por la olla que estaba en el fuego y por el sonido de la nevera, seguían funcionando. El baño también era pequeño y en él había un lavabo antiguo y una bañera de época.

Había dos dormitorios. El más pequeño lo utilizaba de estudio y el otro de dormitorio. Desde la puerta, Anne no pudo evitar recordar la última vez que habían estado juntos en un dormitorio, locos de deseo. Le parecía que había pasado mucho tiempo, sin embargo, recordaba cada momento.

–Siento que esté un poco desordenado –dijo él.

La cama estaba deshecha y había ropa apilada en una silla. La casa era pequeña pero acogedora y, desde el primer momento, ella se sintió como en su casa.

–Creía que tu familia tenía dinero –dijo ella, sintiéndose como un esnob nada más pronunciar sus palabras–. No quería decirlo de esa manera.

–Está bien –dijo él con una sonrisa–. El dinero viene por parte de mi abuelo. Mi abuela se crió aquí. Cuando sus padres murieron, mi abuelo y ella venían aquí los fines de semana. Tras la muerte de mi abuelo, ella regresó a vivir aquí y se quedó hasta que murió.

–Comprendo por qué regresó –dijo ella, mientras regresaban a la cocina–. Es un sitio estupendo.

–No es como el palacio.

–No, pero tiene mucho encanto.

–Y poco sitio.

Anne se encogió de hombros.

–Es acogedor.

–Y necesita una reforma. ¿Has visto la bañera? Ella miró a su alrededor.

–No, yo no cambiaría nada.

–¿Lo dices en serio?

Ella asintió con una sonrisa.

–Es un lugar tan tranquilo. Nada más entrar me he sentido como en casa –podía imaginarse leyendo en el sofá o dando un paseo por el bosque. Aunque hasta que no detuvieran a Gingerbread Man no se lo permitirían.

–Me alegro –dijo él, dedicándole una sexy sonrisa–. ¿Te apetece algo de beber? Tengo zumo y soda.

–Agua, por favor.

Sacó una botella de la nevera y le sirvió un vaso con una rodaja de lima. Al entregárselo, sus dedos se rozaron.

–Hay algo que huele de maravilla –dijo ella.

–Sopa de pollo. Es la receta de mi abuela.

–No sabía que cocinaras tan bien.

Él sonrió y arqueó las cejas.

–Soy un hombre de diversos talentos, alteza.

–¿Qué más sabes hacer?

–Veamos –dijo él, contando con los dedos–. Puedo hacer café. Tostadas. Calentar una pizza. Y llenar la bandeja para hacer hielo. Ah, ¿he mencionado las tostadas?

Ella sonrió.

–Así que ¿comes fuera a menudo?

–Constantemente. Pero quería impresionarte e imaginé que la sopa sería una buena opción, puesto que no te encontrabas demasiado bien.

Era un detalle que tuviera en cuenta su estado. Era tan agradable y considerado que ella deseaba que las cosas fueran de otra manera, que al menos pudieran intentar formar una familia. Lo deseaba tanto que le dolía el pecho. Era en lo único que había podido pensar desde la conversación que habían mantenido en el despacho hacía unos días. Él era el hombre de sus sueños.

Pero algunas cosas no sucedían nunca.

–Quizá me encontraba mal a causa del estrés –dijo ella–. Desde que te conté lo del bebé, me encuentro mucho mejor. De vez en cuando siento náuseas, pero ya no tengo que ir corriendo al baño. Incluso he engordado un poco, y sé que mi médico se alegrará.

–Eso es estupendo –Sam levantó la tapa de la olla y removió la sopa con una cuchara de madera–. La sopa está lista. ¿A lo mejor prefieres que hablemos primero y quitárnoslo del medio? Así podremos relajarnos y disfrutar de la cena.

–Creo que sería una buena idea.

–¿Nos sentamos en el sofá?

Ella asintió y se dirigió al sofá. Sam se sentó a su lado, tan cerca que sus muslos se rozaban. ¿Era ésa su idea de relación platónica?

A pesar de que Sam no había hecho ninguna petición poco razonable en lo que se refería al bebé, Anne no estaba segura de qué podía esperar. Sam, sin embargo, estaba sentado a su lado con tranquilidad. ¿Es que nunca se alteraba por nada? En el baile había evitado que se humillara públicamente sin pensárselo dos veces. Cuando ella le contó lo del bebé, se había comportado de manera tranquila y racional. Ella nunca lo había visto perder los papeles.

Por otro lado, Anne siempre estaba disgustada por una cosa u otra. Podría aprender mucho de Sam. Aunque, si él se enterara de la verdad, si supiera que aquel pequeño accidente podría haberse evitado fácilmente, quizá no fuera tan comprensivo. Ella tendría que asegurarse de que nunca lo descubriera.

–Antes de que comencemos quiero agradecerte otra vez lo bien que te estás tomando todo esto. Sé que la situación podría complicarse en algún momento, con el tema económico o de la custodia, o incluso porque tengamos dos maneras diferentes de ver la crianza. Sólo quiero que sepas voy a hacer todo lo posible por intentar hacer las cosas de manera civilizada. Sé que no tengo fama de ser la mujer más razonable, pero voy a intentarlo de verdad.

Sam habló con seriedad.

–Supón que haya encontrado la manera de hacer que todo resulte más fácil para nosotros. Bueno, para los tres.

Anne no imaginaba a qué se refería, pero se encogió de hombros y dijo:

—Prefiero lo fácil.

—Creo que deberías casarte conmigo.

Lo dijo con tanta tranquilidad que ella necesitó un tiempo para asimilar sus palabras. Después, pensó que debía haberlo comprendido mal, o que le estaba gastando una broma pesada.

—Sé que todo es muy apresurado —dijo él—. Apenas nos conocemos. Pero por el bien del bebé, creo que es lo lógico.

Lo decía en serio. Quería casarse con ella. ¿Cómo era posible si sólo unos días antes ni siquiera era una opción?

—Pero si querías ser primer ministro.

—Sí, pero eso no es lo mejor para el bebé. Voy a ser padre. A partir de ahora, tendré que darle prioridad a mi hijo o hija.

—Mi familia ha hecho que tomes esta decisión, ¿no es así? ¿Te han amenazado?

—Esto no tiene nada que ver con tu familia —le agarró la mano—. Es lo que yo quiero, Annie. Lo que creo que es mejor para todos. Al menos tenemos que intentarlo, por el bien del bebé.

Ella estaba entusiasmada, pero se sentía culpable. Si hubiese actuado de manera responsable, si no hubiera mentido acerca de que lo tenía todo controlado, no estarían en esa situación. Él no se sentiría obligado a dejarlo todo para lo que tan duro había trabajado.

¿Y si se arrepentía de la decisión y terminaba pagándolo con ella y el bebé? ¿Y si no? ¿Y si se enamoraban y vivían felices?

Ella colocó la otra mano sobre las de Sam.

–¿Estás seguro de esto, Sam? Porque una vez que estemos casados, ya está. El divorcio sólo puede conseguirse con el consentimiento del rey.

–Intentémoslo de otra manera –dijo él. Se arrodilló frente a ella y sacó un aniño de diamantes de su pantalón.

Ella no podía creer lo que estaba sucediendo.

Sam la agarró de la mano y la miró a los ojos.

–¿Te casarás conmigo, Annie?

Sólo había una respuesta posible.

–Por supuesto que me casaré contigo, Sam.

Sonriendo, él le puso el anillo en el dedo. Era de oro blanco y tenía un diamante redondo rodeado por otras piedras más pequeñas. A pesar de su brillo era evidente que era una antigüedad.

–Oh, Sam, es precioso.

–Era de mi bisabuela –dijo él.

–Debíamos de tener el mismo tamaño de manos –dijo ella, moviéndola para que brillara el anillo–. Me queda perfecto.

–Pedí que lo modificaran para que fuera de tu tamaño.

–¿Y cómo sabías cuál era mi talla?

–Gracias a la princesa Louisa.

–¿Le preguntaste a mi hermana?

–¿Te parece bien?

–Por supuesto. Sólo que no puedo creer que no me haya dicho nada. Es malísima guardando secretos.

–Supongo que quería que nuestro momento fuera especial.

–Lo es –le rodeó el cuello con los brazos y lo abrazó. Le gustaba estar junto a él. Se sentía como si hubiera encontrado su lugar. Estaba muy feliz. Más de lo que había estado en mucho tiempo. O quizá en toda su vida.

Era sorprendente cómo podía surgir algo tan maravilloso de una situación tan complicada. Aunque no era que pensara que todo sería fácil y sin complicaciones. Sabía que el matrimonio era algo que conllevaba esfuerzo y el suyo no sería diferente, pero dadas las circunstancias estaban teniendo un buen comienzo.

—Sé que él no se encuentra bien, pero si fuera posible me gustaría estar allí cuando se lo cuentes al rey y a la reina —dijo Sam—. Me gustaría hacerlo bien y tener la oportunidad de pedirles tu mano.

Sus palabras la llenaron de felicidad porque eso era lo que su padre siempre había deseado para ella.

—Iremos mañana —dijo ella, emocionada con la idea. Sabía que sus padres estarían encantados. Aunque Sam fuera político. Y también se emocionarían al oír la noticia del embarazo.

—Deberíamos casarnos pronto —dijo él—. Pensaba en la próxima semana.

Eso era muy pronto, pero él tenía razón. Cuanto antes, mejor. Debido al delicado estado de salud de su padre, tendrían que celebrar una ceremonia pequeña. Por ese mismo motivo Louisa había celebrado una boda íntima a pesar de que siempre había soñado con una gran ceremonia.

Anne comenzó a pensar en todas las cosas que tendrían que preparar en poco tiempo. ¿Dónde celebrarían la ceremonia y a quién invitarían? ¿Y el rey se encontraría lo bastante bien como para acompañarla hasta el altar? ¿Y la luna de miel? ¿Dónde...?

¿Y la noche de bodas?

De pronto se percató de que Sam la había abrazado y la estrechaba contra su cuerpo. Notaba el calor de sus manos en la espalda y el aroma de su loción de afeitar.

Se le aceleró el corazón y sólo podía pensar en desnudarlo para acariciarlo y besarlo por todo el cuerpo.

–Supongo que eso significa que ya no tenemos que mantener una relación platónica por más tiempo –dijo ella.

–Es curioso –dijo él–. Peor yo estaba pensando exactamente lo mismo.

«Menos mal». Porque la idea de un matrimonio sin sexo le parecía sumamente aburrida.

Ella lo besó en el cuello y, al sentir el latido de su corazón bajo los labios, supo que estaba igual de excitado que ella.

–Podríamos hacer el amor ahora mismo si quisiéramos.

–Podríamos –convino él, gimiendo cuando ella lo mordisqueó en el cuello.

Ella sentía ganas de comérselo vivo. De tragárselo entero. Levantó la cabeza y él la besó en los labios con delicadeza para después besarla en la barbilla, en el cuello y más abajo.

–Llévame a tu dormitorio –le dijo acariciándole la nuca. Estaba tan excitada que creía que podría salir ardiendo–. Ahora mismo.

–No sabes cómo te deseo –dijo él, acariciándola con los labios–. Te he deseado desde aquella noche. Eres en lo único que he podido pensar.

–Puedes poseerme. Ahora.

Él susurró contra sus labios.

–O podemos esperar a que estemos casados.

–Siento que podría volverme loca si no puedo poseerte ahora mismo.

–Más motivo para esperar –dijo él–. Piensa en lo especial que será nuestra noche de bodas.

Ella lo miró y sonrió.

–¿No se supone que eso debo de decirlo yo?

Él sonrió.

–Búrlate si quieres, pero sabes que tengo razón.

Sí, él tenía razón.

–¿Realmente es lo que quieres?

Él le retiró las manos de su cuello y se las sujetó.

–Creo que deberíamos esperar.

Era evidente que no le resultaba sencillo tomar la decisión y que si ella lo presionaba probablemente acabara haciéndole el amor toda la noche. Ella no comprendía por qué era tan importante para él, pero evidentemente lo era. Además, ¿qué importaban unos días más?

A regañadientes, decidió que respetaría sus deseos y esperaría hasta la noche de bodas. Pero eso no significaba que le gustara su decisión.

# *Capítulo Cinco*

Anne apenas llevaba en casa cinco minutos cuando Louisa llamó a la puerta de su dormitorio aquella noche. Eran casi las once, más tarde de lo que Louisa y Garrett solían acostarse. Garrett había empezado a encargarse de la gestión de todas las fincas de la familia real para que Aaron, el hermano de Anne y Louisa, pudiera asistir a la Facultad de Medicina, y cada mañana se levantaba antes del amanecer. Además, Louisa y Garrett estaban recién casados y todavía pasaban el día agarrados de la mano o haciéndose caricias. Compartiendo secreteos y mirándose con complicidad, como si no pudieran esperar para quedarse a solas.

Anne incluso podía admitir que alguna que otra vez se había sentido celosa. Pero pronto llegaría su turno.

—Es muy tarde y sigues levantada —dijo Anne, fingiendo que no tenía ni idea de por qué Louisa quería hablar con ella y escondiendo la mano detrás de su espalda para que no viera el anillo.

—Me preguntaba cómo había ido tu cita —dijo Louisa, entrando en la habitación y cerrando la puerta tras de sí.

—No era una cita como tal —dijo Anne, y se sentó en la cama colocando las manos bajo los muslos—. Teníamos que hablar de algunos asuntos.

Louisa se sentó a su lado.

–¿De qué habéis hablado?

–Sobre todo del bebé.

–¿Eso es todo?

–Más o menos –dijo ella, y añadió con naturalidad–. Ah, y me ha pedido que me case con él.

–¡Oh, cielos! –chilló Louisa–. ¡Enhorabuena! ¿Y qué le has dicho?

Ella se encogió de hombros.

–Le he dicho que lo pensaría.

Louisa lo miró horrorizada.

–¡No!

–Por supuesto que no –ella sonrió y le mostró el anillo que llevaba en la mano–. Le he dicho que sí.

Louisa abrazó a Anne.

–Me alegro mucho por ti, Annie. Sam y tú vais a hacer buena pareja.

–Eso espero –dijo Anne.

–Así será –dijo Louisa–. Si crees en ello, sucederá.

Deseaba que fuera verdad. Y tan sencillo.

–No dejo de pensar en vosotros, y en Aaron y Chris. Todos habéis encontrado a la persona adecuada y sois muy felices.

–Y tú también lo serás.

–Parece que en todas las familias al menos hay un miembro que siempre fracasa en las relaciones. ¿Y si yo soy esa persona? Siempre he sido muy negativa. ¿Y si no merezco ser feliz?

–Después de lo que hemos pasado con nuestro padre ¿no crees que todos nos merecemos la felicidad? Además, nada está predeterminado. La vida es lo que uno hace de ella.

–Eso es lo que me preocupa. Hasta ahora ha sido un desastre. Sobre todo mi vida amorosa.

–Eso ha sido mala suerte. Lo que pasa es que no has conocido más que a cretinos. Pero cualquiera que conozca a Sam te dirá que es un chico estupendo. Y será un marido y un padre fantástico.

Anne no lo dudaba. De otro modo nunca habría aceptado su propuesta. Era ella la que la preocupaba. Por primera vez en su vida veía la posibilidad de ser feliz y le daba miedo estropearlo.

–Estoy segura de que tienes razón –le dijo a Louisa.

–Por supuesto que sí –dijo ella, como si no tuviera ninguna duda.

Cuando Louisa regresó a su habitación, Anne se puso el pijama y se metió en la cama. Pero estaba tan acelerada que no podía dormir, así que decidió que quizá una infusión la tranquilizara. Se levantó y se puso la bata. El castillo estaba en silencio y sólo se oía el llanto del bebé proveniente de la habitación de Melissa y Chris. Cinco meses después Anne se vería en las mismas circunstancias. «Con Sam», recordó con una sonrisa.

Anne esperaba que la cocina estuviera vacía y, al encender la luz, se sorprendió al encontrar a Geoffrey, el mayordomo, sentado a la mesa.

–Lo siento –dijo Anne, al ver que entrecerraba los ojos con la luz–. No quería asustarte.

–No hace falta que se disculpe –dijo él. Tenía la chaqueta colgada del respaldo de la silla y la corbata aflojada alrededor del cuello. Frente a él había una botella de whisky y un vaso medio lleno–. ¿Qué le trae por aquí a estas horas, alteza?

–No podía dormir y decidí prepararme una infusión.

–Debería haberme llamado. Yo se la habría llevado.

–No quería molestarte.

Él se puso en pie y señalo la silla vacía.

–Siéntese. Yo se la prepararé.

Ella obedeció porque estaba en el terreno de Geoffrey. Señaló el vaso de whisky y dijo:

–¿Has tenido un día duro?

–Peor que algunos y mejor que otros –puso la pava al fuego–. ¿Y usted?

–Yo he tenido un día muy bueno.

Él sacó una taza del armario y metió una bolsita de infusión en ella.

–¿Tiene algo que ver con cierto joven y con ese anillo que lleva en el dedo?

–Quizá –debía haber imaginado que él se fijaría en el anillo. A Geoffrey no se le escapaba una. Llevaba trabajando para la familia desde antes de que hubiera nacido Anne y en cierto modo era como su segundo padre. Al parecer no tenía familia ni nadie que pudiera cuidar de él en caso de que se pusiera enfermo. Pero después de tantos años de fidelidad, siempre tendría un lugar en el castillo junto a la familia real.

–Supongo que habrás oído lo del bebé.

–Puede ser –dijo él.

–¿Estás disgustado conmigo?

–Si hubiera asesinado a alguien estaría disgustado. Un hijo es una bendición.

–Sí, pero sé que tiene valores tradicionales.

Él sirvió el agua hirviendo en la taza y la dejó sobre la mesa.

–Entonces supongo que se sorprenderá si le cuento que una vez me vi en una situación similar.

–No tenía ni idea –dijo ella. Nunca había oído que él hubiera tenido novia.

Geoffrey se sentó frente a ella.

–Fue hace muchos años. Antes de venir a trabajar aquí.

–¿Tuviste un hijo?

Él asintió.

–Se llama Richard.

–¿Por qué nunca has dicho nada?

Él se encogió de hombros y movió el líquido que contenía su vaso.

–No es algo de lo que me agrade hablar.

–¿Lo ves?

Él negó con la cabeza como con cargo de conciencia.

–Hace muchos años que no.

–¿Qué ocurrió?

Él se terminó el whisky y se sirvió otro. Ella se preguntaba si el alcohol era el responsable de la soltura que mostraba al hablar. Parecía muy triste. ¿Y cuándo había envejecido tanto? Era como si le hubieran aparecido arrugas de repente.

–Su madre era cocinera en la casa donde trabajaba antes –dijo él–. Tuvimos una aventura y se quedó embarazada. Yo hice lo correcto y me casé con ella, pero no tardamos mucho en percatarnos de que éramos incompatibles. Estuvimos juntos dos años y después nos divorciamos. Pero trabajar juntos nos resultaba desagradable y decidimos que sería mejor que yo me marchara y encontrara otro trabajo. Fue entonces cuando empecé a trabajar aquí.

–¿Cuándo dejaste de ver a tu hijo?

–Cuando tenía seis años su madre se volvió a casar. Al principio yo estaba celoso, pero ese hombre era bueno con Richard. Lo trataba como a su propio hijo. Un año más tarde le ofrecieron un puesto de trabajo en Inglaterra. En un principio yo objeté, pero mi ex me lo dejó claro. Yo no tenía tiempo para mi hijo y su padrastro sí. Ella me convenció de que lo mejor era que lo dejara marchar.

–Debió de ser devastador para ti.

–Fue lo más duro que he hecho nunca. Intenté mantener el contacto con llamadas y cartas, pero nos distanciamos. Creo que simplemente ya no me necesitaba.

Parecía tan triste que a Anne se le llenaron los ojos de lágrimas. Estiró el brazo y cubrió la mano de Geoffrey con la suya.

–Lo siento mucho, Geoffrey.

A él también se le habían humedecido los ojos.

–Estuve triste, pero entonces empecé a tener que perseguirte a ti y a tus hermanos. Ahora es cuando temo haber cometido un gran error al dejarlo marchar.

Parecía tan triste que ella deseó abrazarlo.

–Hiciste lo que pensabas que era mejor. Y eso no significa que no puedas intentar ponerte en contacto con él ahora. ¿Tienes idea de dónde vive? ¿O de a qué se dedica?

–La última vez que hablé con su madre me dijo que pertenecía a un comando de la Royal Marine.

–¡Santo cielo! Eso es admirable.

–Ella alardeaba de que es una especie de genio de la informática. Pero eso fue hace mas de diez años.

—Al menos podrías tratar de buscarlo.

—¿Y si lo hago y no me gusta lo que encuentro?

Ella se preguntaba cómo podía pensar una cosa así. Al menos debía intentar encontrarlo.

Geoffrey se terminó la copa y miró el reloj.

—Es casi medianoche. Debería irme a dormir. Y usted también, jovencita.

Ella sonrió. Hacía años que no la llamaba así.

—Sí, señor.

Al pasar por detrás de ella para dirigirse a su dormitorio, él le dio una palmadita en la espalda. Anne se sorprendió al ver sus manos arrugadas y delgadas.

Se percató de que ni siquiera había probado la infusión y de que ya se había enfriado.


El rey había estado alejado de la vida pública durante tanto tiempo que Sam se sorprendió al verlo la tarde siguiente. A pesar de que sabía que estaba enfermo, no esperaba encontrarlo tan pálido y con un aspecto tan delicado. No era más que la sombra de lo que había sido. Y era evidente que a la madre de Anne también le habían pasado factura los meses durante los que había estado acompañándolo en su enfermedad. La reina parecía agotada. Parecía que había envejecido más de una década en tan sólo unos meses.


Pero el dolor que habían sufrido no bastaba para aplacar la alegría que sintieron cuando Sam anunció que tenía intención de casarse con Anne y les pidió su mano.

–Confiaba en que hicieras lo correcto, Sam –dijo el rey–. Por el bien de mi nieto.

–Supongo que querréis celebrar la boda pronto –la reina le dijo a Anne–. Antes de que se note el embarazo.

Sam miró a Anne y, al ver su cara de sorpresa, supo que ella no había dicho nada.

–¡Voy a matar a Louisa! –exclamó Anne–. ¿O ha sido Chris quien se ha chivado?

Sam se cruzó de brazos y se cubrió la boca para ocultar su sonrisa. Así que ése era el carácter batallador de Anne del que tanto había oído hablar. Le gustaba.

–Nadie ha dicho nada –le aseguró la reina–. No hacía falta. Conozco a mi hija.

–Y aunque yo esté inválido –dijo el rey mirando a Sam–, estoy muy bien informado de lo que ocurre en mi castillo.

Cosas como que Sam había salido de la habitación de su hija a altas horas de la madrugada.

El rey se rió débilmente.

–No pongas esa cara. Yo también he sido joven –miró a su esposa y sonrió–. Y hubo una época en la que yo también me colaba en las habitaciones.

La reina se acercó y le agarró la mano, mirándolo con una sonrisa. Era evidente que a pesar de todo lo que habían pasado, o gracias a ello, seguían profundamente enamorados. Sam esperaba que algún día pasara lo mismo entre Anne y él.

–¿Por qué no me habéis dicho nada? –preguntó Anne.

–Cariño –dijo su madre–. Siempre has hecho las cosas a tu manera. Imaginé que cuando estuvieras preparada para contárnoslo, lo harías. Y que si necesitabas mi consejo me lo pedirías.

—¿No estáis disgustados? —preguntó Anne.

—¿Estás contenta? —le preguntó el rey.

Ella miró a Sam y sonrió.

—Muy contenta.

—Entonces, ¿por qué íbamos a estar disgustados?

—Bueno, el bebé…

—Es una bendición —dijo la reina.

La naturalidad con la que se estaban tomando la situación sorprendió a Sam. Aunque después de todo lo que habían pasado y de saber que al rey le quedaba poco tiempo de vida, ¿qué sentido tenía disgustarse?

Sam siempre había respetado al rey, pero nunca tanto como en aquellos momentos. Y a pesar de que su padre creía que ellos pensaban de manera diferente, parecían bastante realistas.

—Imagino que pensáis vivir aquí, en el castillo —dijo el rey.

Anne miró a Sam con nerviosismo.

—Por supuesto, alteza.

—Por supuesto también trabajarás para la familia real.

Sam asintió.

—Será un honor.

—¿Has pensado en qué colores te gustaría tener en tu boda? —le preguntó la reina a Anne.

—Amarillo, creo —dijo Anne, y continuó hablando con su madre sobre los planes de boda mientras Sam hablaba con el rey sobre su futuro trabajo en la monarquía.

Él le aseguró a Sam que no desperdiciarían su talento y que estaría bien recompensado. Sam sabía que su futuro económico estaba garantizado gracias a una futura herencia, pero le alegraba saber que valorarían su trabajo. Se sentía aliviado de que a pesar de las circunstancias, aquella situación se estuviera solventando tan bien.

Tanto que, como no era demasiado positivo, podía esperar que algo fallara en cualquier momento.

El viernes siguiente Sam y Anne se casaron en los jardines del palacio. Fue una pequeña ceremonia a la que asistió la familia real, los padres de Sam y algunos amigos cercanos.

Louisa fue la dama de honor y Adam, el hermano mayor de Sam, voló desde Inglaterra para ejercer de padrino. Adam era un compositor y no tenía ningún interés por la política, sin embargo, comprendía la pasión que Sam sentía por ella y que deseara seguir los pasos de su padre.

–¿Estás seguro de que quieres hacerlo? –le preguntó a Sam antes de que comenzara la ceremonia–. Si lo haces para salvar la reputación de la princesa…

–Lo hago porque mi hijo merece que sus padres estén casados.

–Una aventura de una noche no asegura una relación duradera, Sam. Apenas la conoces. Si la familia real te está forzando…

–Es mi decisión. Sólo mía.

Adam negó con la cabeza, como si Sam fuera una causa perdida. Entonces, sonrió y dijo:

–Mi hermanito, un duque. ¿Quién iba a decirlo?

Sam agradecía que su hermano siguiera preocupándose por él después de todos esos años. Pero

Sam ya había dejado atrás su vida política. Durante los dos últimos días había vaciado su despacho, ya que desde que había sido nombrado duque, no podía seguir trabajando para el gobierno.

Grace, su secretaria, se había despedido de él diciéndole que había sido un jefe estupendo y que lo echaría de menos.

–Sé que no he sido la secretaria más eficiente, y aprecio la paciencia que has tenido conmigo.

Él se sintió culpable por todas las veces que se había enfadado o mostrado impaciente con ella.

Cuando Anne y él regresaran de su luna de miel, Sam ocuparía su puesto en la monarquía. No podía decir que estuviera entusiasmado con la idea, pero intentaba mantener una actitud positiva. Al menos no habían tratado de forzarlo para que trabajara en su negocio agrícola. No sabía nada acerca de gestionar tierras de cultivo. Ni tenía intención de aprender.

Su meta era convertirse en la mano derecha de Chris cuando él se convirtiera oficialmente en rey.

Comenzó a sonar la música y Sam vio que Anne y su padre ocupaban sus respectivos lugares. Ella llevaba un vestido largo de color crema con varios volantes de seda. Pero ni siquiera con ellos disimulaba que estaba embarazada. Sam estaba seguro que desde que ella había ido a verlo la semana anterior, su vientre había doblado en tamaño. Y en su opinión, ella era todavía más tentadora.

Llevaba el cabello recogido y algunos mechones le enmarcaban el rostro. Por supuesto, llevaba una tiara engarzada con piedras preciosas.

Todo el mundo se puso en pie para recibirla y

Sam observó cautivado cómo se acercaba a él. Estaba radiante. Era como si el brillo de la felicidad emergiera desde su interior.

A juzgar por cómo se agarraba al brazo de Anne, era evidente que el rey estaba empleando toda su energía para recorrer el trayecto hasta el altar. Pero lo hacía con gracia y dignidad.

«Ahí vamos», pensó Sam cuando el rey entrelazó la mano de Anne con la de él. Se suponía que era el fin de la vida, pero tras pronunciar los votos e intercambiar los anillos, experimentó un profundo sentimiento de calma. Decidió que era una muestra de que realmente estaba haciendo lo correcto. Quizá no sólo por su hijo, sino también por ellos dos.

Tras la ceremonia sirvieron bebidas y aperitivos en una carpa que habían colocado en los jardines. Sam estaba en la barra observando a su nueva esposa. Ella estaba hablando con su hermano Adam y él parecía encantado con ella. Dadas las circunstancias, Sam había pensado en la posibilidad de que hubiera habido cierta tensión entre las familias, pero parecía que todos se estaban llevando bien.

Casi demasiado bien.

El príncipe Christian se acercó a la barra para pedir una copa y le dijo a Sam:

—Bonita boda.

Sam asintió.

—Es cierto.

—Nunca había visto a mi hermana tan contenta.

Sí que parecía contenta. Y Sam se alegraba de que su familia hubiera conocido esa parte de su personalidad, algo que no solía salir en la prensa. Le gustaba pensar que aquélla era su Anne, la verdadera mujer, a quien él había rescatado de una existencia de negatividad y desesperación.

Durante la semana habían conversado mucho y ella le había contado algunas cosas sobre los hombres que había habido en su vida. Los que la habían utilizado y traicionado. Después de todo lo que había sufrido era un milagro que no hubiera perdido la capacidad de confiar en alguien.

Anne vio que Sam la estaba mirando y sonrió.

—Tu hermana merece ser feliz —le dijo Sam al príncipe.

—Yo opino lo mismo —contestó él—. Y si alguna vez le haces daño, me vengaré.

—Lo tendré en cuenta, alteza.

Desde el otro lado de la carpa se oyó el llanto de un bebé y ambos se volvieron para ver que la princesa Melissa estaba peleándose con dos criaturas.

—Me temo que es mi turno —dijo el príncipe. Empezó a marcharse, pero se detuvo y dijo—: Por cierto, puesto que ahora somos familia puedes olvidarte de lo de alteza. Llámame Chris.

—Después de tantos años de dirigirme a ti formalmente, puede que me lleve un tiempo acostumbrarme.

—Dímelo a mí —dijo Chris con una sonrisa antes de ir a rescatar a su esposa.

Sam notó una mano en el hombro y, al volverse, se encontró con Anne.

Ella lo agarró del brazo y le dijo entusiasmada:

—¿Puedes creerlo, Sam? Estamos casados.

—Es extraño, ¿verdad?

—¿Crees que es extraño que esté tan contenta?

—Para nada —se inclinó hacia delante y la besó en los labios—. Me preocuparía si no lo estuvieras.

–¿Cuándo crees que podremos escaparnos de aquí? Esperaba que pudiéramos pasar un rato a solas antes de marcharnos de luna de miel.

Sam estaba a punto de contestar cuando una explosión hizo temblar el suelo bajo sus pies. Los invitados empezaron a gritar y Sam cubrió a Anne con el cuerpo y miró hacia el lugar de donde provenía el sonido. En la parte norte del castillo se veían llamas y humo. Al principio no podía creer lo que estaba viendo, y su intención era llevar a Anne a algún lugar seguro lo antes posible. Pero antes de que pudiera reaccionar, el lugar se llenó de miembros de seguridad.

–¿Qué diablos está pasando? –preguntó Anne, y al ver las llamas palideció.

El equipo de seguridad estaba guiando a los invitados en la otra dirección.

—Es él –dijo Anne, más enfadada que asustada–. Ha sido el Gingerbread Man.

Las amenazas por correo electrónico y las bromas ocasionales eran una molestia, pero aquello era algo serio. Era evidente que estaba fuera de control.

–Por lo que sabemos, podría ser un accidente –dijo Sam.

–No –dijo ella–. Es él. Y esta vez ha llegado demasiado lejos.

# *Capítulo Seis*

Tal y como Anne sospechaba, la explosión había sido provocada a propósito.

Habían escondido un artefacto debajo del coche de los tíos de Sam. El equipo de artificieros de la policía seguía investigando pero, según decían, la bomba había sido activada por control remoto.

Otros cuatro coches habían sufrido daños en la explosión y el garaje del castillo también había salido muy perjudicado. Tendrían que cambiar cuatro de las cinco puertas que tenía y restaurar parte de la fachada. Afortunadamente nadie había resultado gravemente herido. Había tenido la decencia de hacerlo explotar cuando no había mucha gente por los alrededores. O quizá había sido pura coincidencia.

Los tíos de Sam, cuyo coche había explotado, se sentían responsables a pesar de que Anne y sus hermanos les repetían que no tenían ninguna culpa.

Sólo había un responsable.

Gingerbread Man.

Sabían que había sido él porque poco después de la explosión Anne había recibido un mensaje de correo electrónico vía el correo del equipo de seguridad.

*Siento no haber podido asistir a tu boda.*
*He oído que ha sido la bomba.*

69

—Esto tiene que terminar de una vez —le dijo Anne a Chris, quien estaba tomándose un whisky en el estudio. Los invitados habían sido trasladados a sus casas con los coches oficiales y casi todos los miembros de la familia se habían ido a dormir. Sam, Chris y Anne se habían quedado hablando. Anne no paraba de moverse de un lado a otro de la habitación.

—Podía haber herido gravemente a alguien. ¡O haberlo matado!

—¿Crees que no lo sé? —dijo Chris, agotado—. Estamos haciendo todo lo que podemos. ¿Qué más quieres que haga?

—Sabes lo que creo que debemos hacer —dijo ella, y él se puso muy serio.

—Eso no es una opción.

—¿Qué es lo que no es una opción? —preguntó Sam.

—Anne quiere que le tendamos una trampa para detenerlo —dijo Chris.

—¿Una trampa?

—Supongo que utilizando a alguno de nosotros como cebo.

Sam se volvió para mirarla.

—No lo dices en serio.

—Quizá confío en cómo trabaja nuestro equipo de seguridad. Además, nadie tiene una idea mejor. ¿Cuánto tiempo se supone que debemos seguir así? Viviendo como prisioneros, temiendo qué hará después. Evidentemente cada vez está más violento.

—Eso es evidente —soltó Chris—. Y ahora ya sabemos de lo que es capaz. Ha puesto una bomba. Es más peligroso de lo que imaginábamos.

—De acuerdo —dijo ella—. A lo mejor, tenderle una trampa no es una idea tan mala.

–Creo que en vista de lo sucedido sería mejor que cancelarais vuestra luna de miel.

–¡Qué! –exclamó ella con indignación–. No lo dirás en serio.

–Lo digo muy en serio.

–Pero fuiste tú quien sugirió que fuéramos allí porque era un lugar seguro.

El cuñado de Chris, el rey Phillip de Morgan Isle, había invitado a Sam y a Anne a pasar unos días en la casa de campo de la familia. De hecho, en aquellos momentos deberían estar en un barco rumbo a la isla. Si todo hubiese salido tal y como habían planeado, deberían estar celebrando su luna de miel.

–Pensé que sería el lugar más seguro para vosotros, pero…

–Louisa se fue a Cabo en su luna de miel y nadie la molestó –le recordó Anne.

–Las cosas han cambiado.

–Chris, él ha arruinado mi boda. Me niego a que también arruine mi luna de miel. Allí habrá mucha vigilancia. Estaremos bien.

Chris la miró dubitativo.

–Hemos mantenido el destino en secreto, y cuando él descubra dónde estamos e idee un plan, ya estaremos de regreso en el castillo.

–De acuerdo –aceptó Chris–. Siempre y cuando prometáis que no correréis ningún riesgo innecesario.

–Por supuesto –dijo Anne.

Chris miró a Sam y vio que asentía.

–Claro que no.

Anne se percató de que tenía los puños cerrados con fuerza y decidió que debía relajarse. Aquello no debía de ser bueno para el bebé. Necesitaba encontrar la manera de liberar su estrés. Y no tenía que buscar mucho para encontrarla.

Miró a Sam. Su esposo. Todavía iba vestido con la ropa de la boda, pero se había quitado la chaqueta y aflojado la corbata. Estaba muy atractivo y ella deseaba pasar un rato a solas con él.

Quizá les hubieran estropeado la boda, pero todavía tenían la noche de bodas por delante. Después de haber pasado cuatro meses sin él y de estar una semana esperando a que llegara aquella noche, estaba decidida a que fuera memorable.

–Estoy agotada –comentó fingiendo un bostezo–. ¿Nos vamos a dormir, Sam?

Él asintió y se puso en pie.

–A las diez de la mañana el barco que os llevará a Morgan Isle os estará esperando –le dijo Chris.

–Gracias –dijo ella. Agarró a Sam de la mano y lo guió escaleras arriba hasta su dormitorio.

Por la mañana habían trasladado casi toda la ropa de Sam y la habían colocado en un armario. Anne tendría que acostumbrarse de nuevo a compartir su habitación con otra persona.

Deseaba que cuando detuvieran a Gingerbread Man, Sam y ella pudieran pasar algún tiempo en la casa de la abuela de Sam. Alejados de su familia y de las obligaciones oficiales. Un lugar donde pudiera ser ella misma. Un lugar donde no se sintiera observada por los retratos de los antepasados que colgaban en los pasillos. Y donde pudiera prepararse una taza de té sin sentirse como una intrusa en la cocina. Donde pudiera hacer el amor con su marido sin preocuparse de que la oyeran.

Intimidad. Eso era lo que deseaba tener. Un lugar propio.

—Debo pedirte disculpas —dijo Sam.

—¿Por qué?

—Hasta hoy no me había dado cuenta de que esta historia de Gingerbread Man es muy seria. Cuando explotó el coche vi pasar mi vida por delante de mis ojos.

Anne le apretó la mano.

—Siento haberte metido en este lío.

Él la miró y sonrió.

—No pasa nada. Sólo quiero que no te pase nada.

Y se lo había demostrado. Ella recordaba cómo nada más oír la explosión él se había colocado delante de ella para protegerla con su cuerpo.

Debía recompensarlo por aquel gesto caballeresco, ¿no?

Nada más entrar en la habitación ella se lanzó a sus brazos.

—¡Uf! —exclamó él cuando ella le rodeó el cuello y lo besó en los labios.

En cuanto se recuperó de la sorpresa, él la abrazó y la besó de forma apasionada. Ella le acarició el cabello y jugueteó con su lengua. Ambos respiraban de manera acelerada y cuando se separaron un instante él comentó:

—Creía que estabas agotada.

—¿Qué iba a decir? ¿Vamos arriba que quiero que me vuelvas loca?

Él sonrió.

—¿Eso es lo que tengo que hacer?

—Si quieres —dijo ella, conociendo la respuesta. Se quitó las horquillas y su melena cayó sobre sus hombros. Al ver que él la miraba de arriba abajo, añadió–. A menos que prefieras irte a dormir.

Sam la agarró por la cintura, la atrajo hacia sí, y la besó una y otra vez.

Por un lado, ella deseaba llevarlo a la cama, quitarle la ropa y cabalgar sobre su cuerpo hasta llegar al éxtasis. Por otro, deseaba tomarse su tiempo y hacer que aquel maravilloso momento durara todo lo posible.

Se separó de él, se desabrochó el vestido y se lo quitó con una sonrisa. Se quedó vestida únicamente con un conjunto de ropa interior de encaje.

–Quítatelo todo –ordenó él, mirándola fijamente mientras ella se quitaba el sujetador y lo tiraba al suelo.

–Los tengo más grandes –dijo ella, agarrándose los senos con las manos.

–No me importa qué tamaño tengan, siempre y cuando sean tuyos.

Ella se apretó los pechos con cuidado de no tocarse los pezones. Los tenía muy sensibles desde el segundo mes de embarazo. A veces, sólo el roce del pijama hacía que se le pusieran erectos y que sintiera un hormigueo.

–Las bragas también –ordenó él.

Ella obedeció, anticipando la sonrisa que se formó en sus labios cuando se percató de lo que ocultaba, o mejor dicho, de lo que no ocultaba bajo la tela.

–Me daba la sensación de que había muerto y me había ido al cielo –dijo él.

–Fue idea de Louisa –dijo ella, acariciándose la piel suave, producto del depilado brasileño que su hermana había insistido en que se hiciera para volver loco a Sam, y que, a juzgar por su cara había sido todo un éxito.

–¿Louisa? –negó con la cabeza–. No parece ese tipo de persona.

–Dice que las sensaciones se intensifican.

–Supongo que tendremos que probar esa teoría.

Ella contaba con ello. Se acercó a la cama y Sam observó cómo retiraba la colcha y se sentaba con las piernas abiertas.

Él se acercó, pero Anne negó con la cabeza y dijo:

–Te toca desvestirte. Quítatelo todo.

Sam obedeció. Tenía un cuerpo perfecto, y sólo con mirarlo ella se excitaba.

–Túmbate –le ordenó él.

Ella se recostó contra las almohadas. Sam se sentó a su lado. Ella estaba muy excitada, pero quería tomárselo despacio. Saborear cada momento. Sam parecía satisfecho con mirarla mientras le acariciaba los senos y la base del cuello.

–Eres preciosa –dijo él y le sujetó los pechos, inclinándose para mordisquearle uno de los pezones. Ella se estremeció violentamente y gimió con fuerza.

Él levantó la cabeza, intrigado.

–¿Qué ha pasado?

–No lo sé –dijo ella–. Nunca he sentido algo así.

–¿Era doloroso?

–No exactamente. Ha sido como un calambre –dolor y placer al mismo tiempo.

–¿No sigo?

Anne negó con la cabeza.

–Hazlo otra vez.

–¿Estás segura?

Ella se mordió el labio y asintió. Sam agachó la

cabeza para hacérselo de nuevo y ella se agarró a sus hombros. Cuando él introdujo uno de los pezones en su boca, ella experimentó una intensa sensación en la entrepierna, como si sus pechos estuvieran conectados directamente con su vientre. Ella gimió con fuerza y le clavó las uñas en los hombros. Entonces, él hizo lo mismo sobre el otro pezón y ella casi saltó de la cama.

Sam le soltó el pezón y la miró fascinado.

—Guau.

Aquello era una locura. Apenas la había tocado y ella estaba al borde del orgasmo.

—Si vuelves a hacerlo, llegaré al clímax –le advirtió.

—¿Lo dices en serio?

Ella asintió.

Parecía que Sam quería hacerlo como para comprobar que era cierto. Incluso agachó la cabeza una pizca pero, en el último segundo, cambió de opinión. Se incorporó, le separó más las piernas y se arrodilló entre ellas.

Anne pensó que iba a poseerla, pero él se inclinó hacia delante y la acarició con la lengua provocando que se le entrecortara la respiración.

—Llevo fantaseando con estar contigo desde la noche que pasamos juntos en tu habitación –dijo él, y la besó en el vientre–. Ni siquiera he podido fijarme en otra mujer. Sólo te deseaba a ti.

Ella le acarició el cabello mientras él le besaba el cuerpo volviéndola loca. Cuando por fin se tumbó sobre ella, Anne estaba desesperada porque la poseyera.

Sam la penetró despacio pero con decisión y ella experimentó un intenso placer que invadió todo su cuerpo.

Él la miró fijamente y se retiró una pizca, después la penetró de nuevo y ella arqueó las caderas para acompasar el movimiento sintiendo un placer indescriptible que no le permitía razonar, únicamente disfrutar.

Sam le cubrió el pecho con la boca y ella alcanzó el orgasmo, agitándose como un animal fuera de control.

Anne oyó que Sam gemía y pronunciaba su nombre a la vez, tensando todo el cuerpo y estremeciéndose con fuerza. En ese instante, no había nada más importante. Estaban Sam y ella contra el resto del mundo.

Anne no tenía ninguna duda de que lo amaba. Y no sólo porque le hubiera regalado el mejor orgasmo de su vida. Estaban hechos el uno para el otro. Ella lo sabía desde el momento en que él la abrazó en la pista de baile la noche del acto benéfico.

Pero no podía decírselo. Todavía no. El momento no era el adecuado.

Sam la besó en el cuello y le mordisqueó las orejas, susurrándole cómo le gustaba el sabor de su cuerpo, y antes de que ella se diera cuenta, él estaba haciéndole el amor otra vez.

# Capítulo Siete

Para pertenecer a la realeza, la casa de campo de Morgan Isle estaba muy desangelada. Era una casa de madera que tenía una cocina pequeña, un salón principal, un baño en cada planta, y cuatro dormitorios. Dos, en el piso de arriba y dos en el de abajo. Por supuesto, no faltaban las cabezas de animales disecadas, producto de las cacerías que allí se celebraban.

No había ni radio ni televisión. Ni teléfono. Sam insistió en darle los teléfonos móviles a Gunter y dejó claro que sólo los molestaran en caso de que hubiera un desastre natural o un importante problema familiar. No quería que nadie los distrajera de su primer objetivo. Desnudar a Anne y mantenerla así durante seis días. Y, al parecer, ella tenía el mismo objetivo ya que cuando él le preguntó por qué había llevado tan poco equipaje, ella contestó:

—Estamos de luna de miel. ¿Para que necesito ropa?

Era agradable saber que estaban en el mismo punto y, sin duda, la noche anterior Sam había disfrutado de la relación sexual más salvaje de su vida. Había estado fantaseando con ella durante meses, pero lo que había imaginado no era nada comparado con la realidad. Había conseguido que alcanzara

78

el orgasmo seis veces, por lo que en otras circunstancias le habrían otorgado un galardón. Pero lo cierto era que apenas había tenido que trabajárselo.

Había estado con otras mujeres muy difíciles de complacer, pero con Anne no importaba en qué postura estuvieran, o si la poseía contra la pared de la ducha como había hecho en un par de ocasiones. Lo único que tenía que hacer era mordisquearle un pezón para que ella estallara como un cohete.

Probablemente habría conseguido que alcanzara el clímax por séptima vez, pero ella estaba agotada y juntó las piernas suplicándole que la dejara dormir. Sam decidió que era bueno que se reservara las fuerzas para el resto de la luna de miel.

El día era fresco, así que mientras ella se daba una ducha, Sam se puso unos pantalones vaqueros y encendió la chimenea del salón. Revisó los armarios y la nevera y comprobó que tenían víveres suficientes para aguantar un mes.

Estaba poniendo a calentar el agua al fuego cuando Anne apareció en lo alto de la escalera con un batín de seda negra y el cabello mojado recogido en un moño. Sam no pudo evitar preguntarse si llevaba algo debajo.

—Sé que esta casa la utilizan durante las cacerías pero ¿tiene que haber tantos animales disecados en las paredes?

—Yo nunca he encontrado atractivo matar animales indefensos —dijo él, mirándola mientras bajaba la escalera.

Cuando Anne llegó a la cocina se detuvo a su lado y lo miró de arriba abajo con una sonrisa.

—¿Qué? —preguntó él.

–Nunca te he visto vestido de manera tan informal.

–Lo hago de vez en cuando.

–Me gusta –lo besó en la mejilla.

Anne olía de maravilla y Sam sintió ganas de tomarla en brazos y llevarla hasta la cama. O mejor aún, de hacerle el amor allí mismo, en la cocina. La encimera de madera tenía la altura adecuada, pero estaba muy vieja y no quería que se le clavara una astilla en el trasero. Además, tenían toda la semana por delante. Los últimos días habían sido muy agitados y estaría bien que se relajaran un rato. Quizá incluso podrían dormir una siesta. Anne había dormido muy bien la noche anterior, pero Sam no había descansado mucho, preocupado por el tema de Gingerbread Man.

Si la bomba hubiese explotado un poco antes, sus tíos podían haber muerto. Estaba de acuerdo con Anne en que había que hacer algo, pero también comprendía el punto de vista de Chris, y era cierto que no tenía sentido poner en peligro la vida de nadie.

Cuando regresara a Thomas Isle hablaría seriamente con Chris. Quizá había llegado el momento de emprender una nueva vía de actuación.

–¿Va todo bien? –preguntó Anne frunciendo el ceño.

–Por supuesto. ¿Por qué lo preguntas?

–Te has quedado pensativo durante unos segundos.

Él sonrió y la besó en la frente.

–Pensaba en lo afortunado que era.

Ella lo abrazó por la cintura y se acurrucó contra él.

–Yo también me siento afortunada.

–Iba a preparar un té. ¿Te apetece?

–Me encantaría. ¿Puedo ayudarte?

–Podrías buscar la miel. Creo que la he visto en el armario que está encima de la cafetera.

Ella rebuscó en el armario mientras él sacaba dos tazas y la caja de las infusiones.

De pronto, ella exclamó y dio un paso atrás sujetándose el vientre.

–¡Oh, cielos!

–¿Qué ocurre? –preguntó él corriendo a su lado–. ¿Puedo hacer algo por ti?

Anne se miró el vientre.

Creo que acabo de notar cómo se movía el bebé.

–¿De veras?

Ella asintió emocionada.

–Otras veces he sentido como un cosquilleo, pero esta vez ha sido diferente. Como una patadita –dijo ella–. A lo mejor si presionas con la mano tú también lo puedes notar.

Se desabrochó el batín y ¡no llevaba nada debajo! Le agarró la mano y se la colocó sobre el vientre.

–No siento nada –dijo él.

–Shh, espera un minuto –se inclinó hacia él y apoyó la cabeza sobre su hombro.

Sam se percató de que tenía un par de pequeñas moraduras en los pechos y pensó que la noche anterior se había dejado llevar por la excitación. Estaba casi seguro de que también tendría alguno en el cuello y en la parte interior de los muslos.

Quizá no debería ser así, pero al sentir su aroma sexy y la suavidad de su piel, se había excitado de nuevo. Y no notaba el movimiento del bebé. Quizá era demasiado pronto.

Él intentó retirarse, pero ella le sujetó la mano con fuerza sobre el vientre.

—Espera.

Sam estaba convencido de que no notaría nada pero, en ese momento, notó un pequeño golpecito contra la mano.

—¿Lo has notado?

—Sí —se rió sorprendido.

—Es nuestro hijo, Sam.

Él lo notó de nuevo. Como si el bebé le estuviera diciendo: aquí estoy.

Dejó la mano sobre el vientre de Anne para ver si lo notaba de nuevo, pero al cabo de un momento, Anne dijo:

—Ha debido de quedarse dormido.

Sam retiró la mano y Anne se abrochó el batín otra vez.

—¿Por qué no nos tomamos la infusión junto al fuego? —preguntó ella al ver que Sam estaba retirando el agua del hornillo.

Mientras él preparaba las infusiones, Anne agarró un edredón de una de las camas y lo extendió en el suelo.

Se soltó el cabello y se tumbó boca arriba, soltándose el cinturón del batín y dejando su vientre al descubierto.

Sam dejó las infusiones sobre la chimenea y se sentó frente a ella con las piernas cruzadas, pensando que si el bebé volvía a dar pataditas él estaría allí para notarlo.

Anne cerró los ojos y suspiró.

–El calor del fuego es muy agradable.

Sam tenía calor. Se quitó el jersey que llevaba y lo dejó en el suelo. Anne lo miró y sonrió.

–¿Qué?

–Me gusta tu cuerpo. Me encanta mirarte.

–A mí me pasa lo mismo contigo.

–¿No te importa que esté engordando?

–No estás engordando.

–Ya sabes a qué me refiero –dijo ella–. Voy a tener una tripa enorme.

–Y será preciosa –le aseguró él, besándola encima del ombligo.

–Ya me ha salido una estría, así que cuando dé a luz tendré muchas más.

Sam le miró el vientre y sólo vio piel tersa y suave.

–No veo ninguna estría.

–Aquí.

–¿Dónde?

Ella le señaló la parte baja del vientre.

–Aquí, ¿la ves?

Él se inclinó y vio una pequeña imperfección en su piel.

–Es enana.

–Sí, pero probablemente se haga más grande, hasta que sea enorme.

–Podrías tener el cuerpo cubierto de estrías y seguirías pareciéndome preciosa –le acarició el vientre–. De hecho, a mí me parece sexy.

Ella se incorporó apoyándose sobre los codos.

–Y a mí que me estás engañando.

–Lo digo en serio. Si no me gustara, ¿por qué iba a hacerte esto?

Se agachó y la besó en el vientre con delicadeza.

Cuando levantó la cabeza vio que ella tenía los ojos entrecerrados como cuando se excitaba. Al verla así, sufrió una erección.

–Lo ves –dijo él.

–Creo que tengo otra aquí –dijo ella.

–¿Otra estría?

Anne asintió.

–¿De veras? ¿Dónde?

–Más abajo.

–No la veo –dijo él, a pesar de que sabía que estaba bromeando.

–Mírame más de cerca –dijo ella, colocando la mano sobre su nuca para que bajara la cabeza.

Siguiéndole el juego, Sam se acercó lo bastante como para que ella pudiera sentir su cálida respiración sobre la piel. No estaba seguro de si la depilación brasileña potenciaba la sensibilidad en ella pero, desde luego, él la estaba disfrutando al máximo.

Al cabo de un instante, se encogió de hombros y dijo:

–Lo siento, no la veo.

–Mira bien.

–Espera… Ah, sí. La veo. Aquí –la besó en el pubis y deslizó la lengua entre los labios.

Anne gimió e introdujo los dedos en el cabello.

Durante instante, él pensó en torturarla un poquito más, pero su miembro erecto presionaba contra la tela de sus pantalones vaqueros y no lo soportaba más. Se tumbó a su lado, y en dirección contraria, para aliviar la tensión y, al instante, Anne empezó a desabrocharle el cinturón. En unos segundos, le había liberado el sexo y se lo estaba acariciando con la boca. Era maravilloso y Sam decidió darle el mismo placer acariciándole la parte más íntima de su ser con la lengua.

Los gemidos invadieron la habitación y ninguno estaba seguro de quién los emitía. Enseguida, él sintió que estaba a punto de perder el control, pero nunca llegaba al clímax primero. Iba en contra de sus principios. Lo consideraba un gesto egoísta y maleducado. Afortunadamente, sabía exactamente lo que hacer.

Cuando llegó a un punto de no retorno, le acarició un pecho y le pellizcó el pezón con suavidad. Ella gimió y comenzó a temblar, provocando que él alcanzara el orgasmo al mismo tiempo. Al cabo de un instante, ella cayó rendida sobre el edredón y permaneció tumbada a su lado, en la otra dirección y jadeando. Él se sentía débil, como si se hubiera quedado sin energía, y el calor del fuego lo estaba adormilando. Quizá había llegado el momento de echarse una siesta.

Cerró los ojos, pero notó que Anne se sentaba a su lado.

—Eh, despierta —dijo ella, agitándolo un poco.

—Estoy cansado —murmuró él.

—Pero no he terminado contigo.

—No puedo más. Necesito descansar.

Sus palabras no la detuvieron. Al instante, Anne le quitó los pantalones. Sam se quedó desnudo, y agotado.

Abrió los ojos un instante y vio que ella sonreía con picardía y comenzaba a lamerle el cuerpo desde los pies hacia arriba. A pesar del cansancio, Sam comenzó a excitarse otra vez. Al parecer, ella no iba a aceptar un no por respuesta. Y la siesta tendría que esperar.

Si la luna de miel perfecta consistía en estar todo el día desnudo, comer frente a la chimenea y hacer el amor en cualquier momento, Sam consideraba que los tres primeros días de su luna de miel habían sido maravillosos. De hecho, cuando tuvieran que regresar a la vida real lo echaría de menos.

Permaneció tumbado sobre el edredón mientras oía el sonido del agua de la ducha. Sabía que debía levantarse y preparar algo para desayunar, tal y como le había prometido a Anne, pero estaba tan relajado que ni siquiera podía moverse. La comida podía esperar. Cuando Anne regresara la tumbaría a su lado y le haría el amor una vez más. Durante los últimos tres días él había memorizado todos los rincones de su cuerpo. No había ni un solo lugar que no hubiera besado o acariciado.

De pronto, llamaron a la puerta y Sam se sobresaltó. Se puso en pie y se cubrió con una mantita que había sobre el respaldo del sofá. Más valía que fuera importante.

Gunter estaba al otro lado de la puerta y algo en su mirada indicaba que no tenía buenas noticias.

—Hay una llamada urgente del príncipe Christian —le dijo, entregándole su teléfono móvil.

—Gracias —dijo él.

Gunter asintió y cerró la puerta. Antes de oír la voz de Chris, Sam supo lo que le iba a decir.

—Me temo que tengo malas noticias. El rey falleció anoche.

Sam blasfemó en silencio.

–Chris, lo siento mucho.

–Tenéis que regresar lo antes posible. Estoy seguro de que Anne querrá verlo por última vez. Antes de…

–Por supuesto.

–Gunter os llevará a un aeródromo que está cerca de allí y os recogerá un helicóptero. Ya lo he organizado todo para que os traigan las cosas en otro momento. ¿Quieres que se lo cuente a Anne, o prefieres hacerlo tú?

–Yo se lo diré.

–¿Decirme qué? –preguntó Anne.

Sam se volvió y vio que Anne estaba detrás suya, con el batín y el pelo mojado. Ni siquiera la había oído bajar por las escaleras.

–Nos veremos pronto –dijo Chris, y colgó.

–¿Quién era? –preguntó Anne.

–Chris.

–¿Qué quería?

–Me temo que tengo malas noticias.

Ella respiró hondo.

–¿Mi padre?

Él asintió.

–Ha muerto, ¿verdad?

Sam la tomó entre sus brazos.

–Lo siento muchísimo.

Ella apoyó la mejilla contra su pecho y él se percató de que estaba mojada por las lágrimas.

–No estaba preparada para esto.

–Lo sé –¿quién estaba preparado para la pérdida de uno de sus padres?

# *Capítulo Ocho*

Todo el mundo se sorprendió de que no fuera un ataque al corazón. El rey se había ido a dormir y, simplemente, en algún momento de la noche su corazón había dejado de latir. Según el médico, no había sufrido ni sentido nada.

Para Anne, el único consuelo era que por fin estaba descansando en paz. Los últimos años habían sido muy duros y él había luchado mucho, pero al final había asumido que había llegado su momento. Aunque su familia no estuviera preparada para asumir su pérdida, él si lo estaba.

Chris y Aaron estaban tristes, pero como hombres que eran se guardaban los sentimientos para sí mismos. Louisa lloró sin parar el primer día, pero después consiguió tranquilizarse. Lo peor era ver cómo su madre trataba de mantener la fortaleza delante de los niños, aunque en el fondo estuviera destrozada.

Anne tenía el corazón roto. Su padre nunca conocería a sus hijos y ellos nunca conocerían a su maravilloso abuelo. No era justo que alguien con tantas ganas de vivir se marchara tan pronto.

El día del funeral Anne leyó los mensajes de correo electrónico que le habían enviado sus amigos y familiares mostrándole sus condolencias. También había recibido un mensaje de Gingerbread Man. Era muy breve, simplemente ponía *¡Buh!*

Anne se puso tan furiosa que agarró el ordenador portátil y lo lanzó contra la pared.

Durante los días siguientes al funeral Anne pasaba los días sumida en sus pensamientos. Por la noche, se metía en la cama y lloraba entre los brazos de Sam mientras él le acariciaba el cabello y le murmuraba palabras tranquilizadoras.

A medida que pasaba el tiempo ella comenzó a encontrarse mejor. Poco a poco, todo el mundo empezó a recuperar el ritmo de sus vidas. Al cabo de unas semanas Sam y ella habían establecido una cómoda rutina. Y antes de que se dieran cuenta llegó el día en que tenía que hacerse la ecografía.

Cuando llegaron a la zona que el hospital tenía reservada para la realeza, el especialista los estaba esperando. Cuando Anne se tumbó en la camilla y mostró su vientre, él médico se quedó sorprendido.

—Tiene mucha tripa para estar de veintiuna semanas.

—¿Eso es malo? –preguntó Sam preocupado.

—Cada embarazo es diferente –dijo el médico mientras le ponía un gel frío en la tripa para hacerle la ecografía. Al momento aparecieron imágenes en la pantalla.

—Hmm –pronunció con el ceño fruncido–. Eso lo explica todo.

Anne sintió que le daba un vuelco el corazón. No podría soportar otra mala noticia.

—¿Ocurre algo? –preguntó Sam.

—No. Todo está perfecto. Parece que se están desarrollando tal y como deberían. Los dos.

–¿Quiere decir que hay dos bebés? –preguntó Sam–. ¿Gemelos?

El doctor señalo hacia la pantalla.

–Este es el bebé A, y éste el bebé B,.

–Pero sólo se oía un latido –dijo Anne.

–No es raro que los dos corazones latan al unísono, provocando que sea difícil diferenciarlos. Estoy seguro de que su médico le ha explicado que puesto que tiene una hermana gemela había más posibilidades de que tuviera gemelos.

–Por supuesto, pero…

–Supongo que eso explica por qué tienes tanta tripa –dijo Sam con tranquilidad. De hecho, mientras que Anne parecía sorprendida, él no podía parecer más contento.

–¿Les gustaría saber el sexo de los bebés? –preguntó el médico.

Sam y Anne contestaron que sí al mismo tiempo.

–Vamos a ver si conseguimos que cooperen un poco –dijo él, probando desde ángulos distintos–. Miren. Ése es el A. Ésa es su pierna izquierda y ésa es la derecha, ¿ven la protusión que hay en el centro?

–¡Un niño! –dijo Sam con una sonrisa.

El otro bebé no quería colaborar y el médico le pidió a Anne que se tumbara de lado para que se cambiaran de posición.

–¡Aquí lo tenemos! –dijo el médico, mostrándoles las dos piernas.

–Es una niña –dijo Anne al ver que no tenía ninguna protusión–. ¡Una parejita!

El médico tomó los datos que necesitaba y les dijo que todo estaba perfecto. Los bebés estaban sanos, Sam sonreía orgulloso y Anne sentía que era el mejor día de su vida. Después de todo lo que había sucedido, lo merecía.

Cuando el médico terminó la prueba, Anne se dirigió al baño. Al salir, Sam la esperaba con una expresión extraña.

–¿Qué ocurre, Sam?

–El médico y yo hemos tenido una interesante conversación cuando te has ido.

–¿Qué clase de conversación? ¿Ocurre algo con los bebés?

–Le he dicho que estaba preocupado por el hecho de que te estuvieras tomando anticonceptivos cuando te quedaste embarazada. Temía que provocara alguna complicación en los bebés.

–¿Qué te ha dicho?

–Ha mirado tu historial.

Anne sintió que se le encogía el corazón.

–Sam…

–Quiero saber la verdad, Anne. Aquella noche, cuando dijiste que lo tenías todo controlado, ¿era verdad, o me mentiste?

–Puedo explicártelo…

–¿Me mentiste? –estaba enfadado. Furioso. El hombre que nunca levantaba la voz parecía que iba a estrangularla.

Anne tuvo que esforzarse para superar el miedo que la impedía hablar.

–Sí, pero…

Se abrió la puerta y Gunter se asomó para decirles que el coche los estaba esperando.

–Sam –dijo ella, pero él la fulminó con la mirada para que se callara–. Cuando lleguemos a casa.

El trayecto de regreso fue insoportable. Sam estaba sentado en silencio a su lado, pero ella podía sentir su enfado. Era como si su rabia invadiera el ambiente, provocando que resultara difícil respirar. O era porque ella se sentía culpable.

Tenía que haber una manera de arreglar aquello. Una manera de que él lo comprendiera.

Al llegar al palacio se dirigieron directamente a sus aposentos y Sam cerró la puerta con fuerza. Se volvió hacia ella y dijo con amargura:

–Debería haberlo sabido.

–Sam… –intentó acariciarle el brazo, pero él se retiró.

–Me eduqué bajo la teoría de que nunca hay que fiarse de la realeza porque siempre lo tienen todo planeado. Esa noche lo sabía, y aun así ignoré a mi instinto.

A Anne le dolía que él pudiera pensar así sobre ella. Sin embargo, no podía negar que se había acostado con él sabiendo que no habían tomado precauciones.

–No es lo que tú crees. Yo no tenía un plan. No trataba de atraparte.

–Entonces, sólo querías sexo.

–Te deseaba Sam, y de veras que no pensé que fuera a quedarme embarazada. No estaba en las fechas propicias.

–Así que lo que me estás diciendo es que corriste el riesgo sin preocuparte por nadie más que por ti y por tu egoísmo. Ni siquiera tuviste la decencia de pararte a considerar las posibles consecuencias de tus actos y cómo podían afectarme.

–Lo siento –dijo ella con un susurro.

–Lo sientes –dijo él con una carcajada–. ¿Me has

robado todo y lo único que puedes decir es que lo sientes?

–He cometido un error. Lo sé. Pero te quiero, Sam.

–¿Me quieres? –dijo él, sorprendido–. ¿Y por cso jugaste a la ruleta rusa con mi futuro? ¿Mintiéndome? ¿Eso es lo que llamas amor? Creo que sólo hay una persona que te importa, alteza, y eres tú.

Él no podía estar más equivocado. Y ella se odiaba a sí misma por no tener el valor de decirle la verdad allí mismo.

–Sam, sólo quería…

–Querías acostarte conmigo –dijo él–. Lo conseguiste y ahora me has arruinado la vida.

Abrió la puerta y salió dando un portazo.

Anne sintió que comenzaban a temblarle las piernas y se sentó en el suelo deslizándosc por la pared.

Sam tenía razón. Todo lo que había dicho sobre ella era cierto, y tenía derecho a estar furioso con clla. ¿Pcro estaba lo bastante enfadado como para abandonarla? ¿Para pedirle el divorcio?

Quizá si le dejaba tiempo para que se calmara y para que reflexionara, recordaría lo feliz que habían sido y lo bien que estaban juntos.

Pero ¿y si no era así?

Lo peor era que la única culpable era ella. Y el día más feliz de su vida se había convertido en la pcor de sus pesadillas.


Anne no sabía dónde había ido Sam, pero Gunter le había dicho que se había marchado con su coche y sin su guardaespaldas, y teniendo en cuenta que Gingerbread Man cada vez actuaba de manera más violenta, no era lo más sensato.

Él se había tomado la tarde libre para la ecografía, así que sabía que no estaría en la oficina. Podría estar en cualquier sitio. Y aunque supiera dónde podía estar no podría hacer nada al respecto. Tenía que darle espacio y tiempo para pensar.

Anne no tenía nada de hambre, pero sabía que no debía saltarse las comidas porque debía alimentar a las criaturas que llevaba en el vientre. Como no le apetecía enfrentarse a su familia y a sus preguntas, le pidió a Geoffrey que le llevara la cena a su habitación.

Para matar el tiempo mientras esperaba a Sam, comenzó a preparar la lista de las cosas que iba a necesitar. Necesitarían dos cosas de cada. Y tendría que pensar en dos nombres. Todavía le sorprendía que fuera a tener gemelos, y se dio cuenta de que ni siquiera se lo había contado a su familia. Pero ésa era una noticia que Sam y ella deberían anunciar juntos.

Un poco más tarde Louisa llamó a la puerta y Anne le dijo que pasara.

—No os molesto, ¿verdad? —le preguntó Louisa, asomando la cabeza y buscando a Sam con la mirada.

—Estoy sola.

—¿Dónde está Sam? —preguntó Louisa.

Si le contaba a Louisa que se habían peleado ella querría saber por qué y Anne se sentiría avergonzada de lo que había hecho.

—Tenía que ir a ver a sus padres —dijo ella—. Se suponía que yo debía acompañarlo, pero no me encontraba bien.

Louisa frunció el ceño.

–¿Estás bien?

–Sí, cosas del embarazo.

Louisa se sentó a su lado en la cama.

–¿Por eso no has bajado a cenar?

–Le pedí a Geoffrey que me trajera la cena.

–Mamá ha cenado con nosotros otra vez.

–Eso está bien –desde que el padre se había puesto enfermo, su madre había cenado con él en la habitación. Después de su muerte habían tenido que convencerla para que volviera a bajar a cenar al comedor.

–Le ha dicho a Chris que cree que Melissa, los trillizos y él deberían mudarse a la suite principal. Puesto que ahora él es el rey. Además, ellos son cinco y ella sólo es una.

–¿Y que ha dicho él?

–Al principio dijo que no, pero ella insistió y él dijo que se lo pensaría. A lo mejor para ella son demasiados recuerdos.

–No debería apresurarse, ni siquiera ha pasado un mes. Tiene que darse tiempo para superarlo.

–Estoy de acuerdo, pero intenta decírselo. Y la gente se pregunta por qué hemos salido tan cabezotas.

Uno de los bebés se movió y Anne se llevó la mano al vientre.

–¿Da pataditas? –preguntó Louisa, y colocó la mano junto a la de Anne.

–Se mueve.

–A mí me encantaría estar embarazada también –dijo con tristeza.

–Ya te embarazarás. Sólo han pasado unos meses. A veces se tarda un tiempo.

–Desde luego no es por no intentarlo. Anoche mismo…

–Por favor –la interrumpió Anne–. Ahórrate los detalles. Te creo.

Louisa sonrió.

–Voy a cumplir treinta años. Si quiero tener seis hijos, será mejor que empiece a ello. Además, sería divertido que estuviéramos embarazadas a la vez.

–Todavía puede ser. A mí me quedan diecinueve semanas –aunque el médico les había dicho que a veces el parto de gemelos se adelantaba. Eso significaba que podrían ser padres en sólo quince semanas.

–Bueno, si no es ahora, será la siguiente –dijo Louisa encogiéndose de hombros. Pero Anne no le dijo que no habría próxima vez. Ni siquiera había ido buscando el primero e iba a tener gemelos.

Deseaba contarle a Louisa lo de la ecografía, pero se contuvo. Sam y ella debían contárselo a todo el mundo a la vez, y no le parecía justo contarlo sin él. Además, no quería darle otro motivo para que se enfadara con ella.

Cuando Louisa se marchó, Anne trató de empezar una de las novelas de su autora favorita, pero no podía concentrarse y no paraba de mirar el reloj.

Eran casi las once. ¿Dónde estaría Sam?

A medianoche, se puso el pijama y se metió en la cama, pero no podía dormir. Hacia la una, Sam apareció y entró en la habitación.

Él se dirigió al vestidor para cambiarse de ropa y después al baño. Ella permaneció tumbada escuchando el agua de la ducha. Finalmente Sam abrió la puerta, apagó la luz y se dirigió a la cama. Ella percibió el olor a jabón cuando se acostó a su lado.

Durante un momento permanecieron en silencio. Anne no se atrevía a hablar por si todavía estaba enfadado, pero al ver que él tampoco decía nada se volvió hacia él y le preguntó:

–¿Podemos hablar?

–No, no hay nada de qué hablar.

–Sam... –ella le tocó el brazo y él lo retiró–. Por favor.

–Nada de lo que digas o hagas hará que me olvide de lo que me has hecho.

Su tono de voz indicaba que todavía no estaba dispuesto a perdonarla.

–Lo comprendo, pero que sepas que cuando quieras hablar, estaré dispuesta a hacerlo.

Sam se sentó en la cama y encendió la luz. Cuando ella lo miró se percató de que tenía aspecto de cansado, de enfadado y de dolido.

–No lo entiendes. Sé lo que hiciste y por qué lo hiciste, y nada de lo que hagas podrá cambiarlo. Me has robado la vida. Y no voy a superarlo así sin más.

Anne sintió que le daba un vuelco el corazón. ¿Ni siquiera quería intentar perdonarla? ¿Comprenderla? ¿Iba a abandonar sin más?

–¿Qué quieres decir? ¿Que se ha terminado?

–Ambos sabemos que eso no es una opción. Como dijiste, una vez casados no hay vuelta atrás. Los miembros de la realeza no se divorcian.

Anne debió de poner cara de alivio porque, al verla, él añadió:

–Ni se te ocurra pensar que lo hago por ti. Seguiré casado contigo por mis hijos.

Sí, pero mientras él estuviera a su lado, formando parte de su vida, tarde o temprano la perdonaría. No podía permanecer enfadado para siempre.

–Todavía no le he contado a nadie la noticia –dijo ella–. Lo de los gemelos. Pensé que deberíamos contarlo juntos.

–No tenías que haberte molestado en esperarme. Yo ya se lo he contado a mis padres. Cuéntaselo a tu familia cuando quieras y como quieras. A mí no me importa.

Apagó la luz y se tumbó de espaldas a ella, dejando claro que la conversación había finalizado. Ella se contuvo para no forzarlo a seguir a hablando. Necesitaba darle tiempo. Tarde o temprano recordaría lo felices que habían sido juntos.

Sam nunca le había dicho que la amaba, pero ella sabía que así era. Podía sentirlo. Y las personas no dejaban de amar así como así. El hecho de que él se sintiera enfadado y traicionado era una muestra de que ella era importante en su vida. De otro modo no le habría importado lo que ella le hubiera hecho.

Tenía que salir bien. Porque no había otra opción.

# Capítulo Nueve

¿Cómo se había metido Sam en ese lío?

Estaba sentado en el escritorio de su nuevo despacho reflexionando sobre el desastre en que se había convertido su vida.

Se suponía que su matrimonio debía de ser perfecto. Y así había sido. Habían sido felices. Hasta el momento en que él descubrió que todo era mentira.

La gente siempre lo acusaba de ser un hombre despreocupado. Demasiado confiado. Pero él siempre lo había considerado una de sus virtudes. Y al parecer, todo el mundo estaba en lo cierto menos él.

Lo único que él deseaba era tener un matrimonio como el de sus padres. Quería una compañera. Una media naranja. No era tan ingenuo como para pensar que nunca tendrían desencuentros, pero lo que Anne le había hecho era imperdonable.

Estaba atrapado en el matrimonio, con una esposa en la que nunca podría confiar. Ni amar. Aunque quisiera. Y había estado a punto de hacerlo.

Al menos, de aquella desafortunada unión, había salido algo bueno. En concreto, tres cosas. Su hijo y su hija. Y su nuevo trabajo para la realeza. Él siempre había sido un hombre sociable y, en su nuevo puesto, la comunicación era un pilar imprescindible. De hecho, deseaba ir a trabajar cada mañana. Incluso antes de que eso significara alejarse de su esposa. Lo último que deseaba era arriesgar su puesto de trabajo. Y a pesar de lo que Anne le había hecho, él no dudaba en que su familia se pondría de su lado. Sam podía imaginarse trabajando en un pequeño despacho ordenando papeles. O peor aún, quizá lo destinaran al departamento de agricultura, así que decidió que lo mejor era que nadie supiera que Anne y él se habían distanciado.

Pero no era fácil fingir el papel de recién casado cuando lo invadía el resentimiento. Y aunque todavía no lo había hablado con Anne, estaba seguro de que ella aceptaría aquella locura. Al menos, le debía tal cosa.

La noche anterior le había costado mucho dormirse, y cuando se despertó por la mañana, estuvo a punto de acariciarla como habitualmente. Hacer el amor por la mañana se había convertido en parte de su rutina.

Entonces, recordó lo que ella le había hecho y salió de la cama.

Sabía que echaría de menos el sexo. Pero no podía acostarse con una mujer a la que ya no respetaba. O que ni siquiera le gustaba.

Cuando él se marchó al trabajo, ella seguía dormida, o fingiendo que lo hacía. Apenas eran las ocho y media y él ya llevaba cuarenta y cinco minutos en la oficina. Pero era mejor que estar en casa. Con ella.

A las nueve, Chris llamó a la puerta.

—He oído que hay que felicitaros.

Sam debió de poner cara de sorpresa, porque Chris añadió.

–Por lo de los gemelos.

–¡Ah, sí! –por supuesto, Anne se lo debía de haber contado esa mañana.

–No me digas que te has olvidado.

–No, es sólo… –negó con la cabeza–. He tenido una mañana muy ocupada. Y anoche no dormí muy bien.

–Como padre de trillizos, puedo decirte que no es tan duro. Al menos de momento. Vuelve a hablar conmigo cuando sean adolescentes.

–Sin duda, ha sido una sorpresa, pero estamos emocionados.

–Y como dice, Anne, ya tenéis uno de cada, así que no tendréis que volver a pasar por esto. Aunque tengo entendido que a algunas mujeres les gusta estar embarazadas. Melissa no tuvo un embarazo muy bueno, pero parece que Anne lo lleva bien.

Sam no estaba seguro de cómo estaba llevando Anne el embarazo, pero la realidad era que apenas se quejaba de nada.

–Imagino que se encontrará peor a medida que se acerque la fecha de parto. De momento sólo se queja de que le están saliendo estrías.

–Eso también le importaba mucho a Melissa. Pero supongo que con embarazos múltiples es algo inevitable. Mel tiene una lista de cirujanos plásticos a los que se está pensando acudir.

–¿Eso significa que os vais a conformar con tres?

–Ninguno de nosotros quiere darse otra vuelta en la montaña rusa de la fertilidad.

A Sam le parecía una ironía que mientras que Chris y Melissa habían tenido que esforzarse mucho para tener un hijo, Anne y él, que ni siquiera estaban probando, hubieran acertado a la primera. A lo mejor ella estaba pensando lo mismo aquella noche. Y por supuesto no era excusa para jugar con su futuro sin consultarle. Si ella hubiese sido sincera y le hubiera dicho que no estaba tomando anticonceptivos, pero que no estaba en un momento fértil, quizá él se habría acostado con ella de todas maneras. Pero habría sido su elección. Ella lo había privado de la capacidad de elegir.

Chris oyó que sonaba su teléfono y al mirar la pantalla dijo:

—Es Garrett.

Contestó y tras diez segundos de conversación Sam pudo ver por su expresión que algo iba mal.

—¿Dónde se ha hecho daño?

Sam escuchó con atención. ¿Había habido otro accidente?

—¿Es grave? —preguntó Chris—. Enseguida voy.

Cerró el teléfono y miró a Sam.

—Tengo que ir al invernadero de la zona este.

Sam sabía que allí estaba el centro del negocio de agricultura orgánica de la familia real.

—¿Ha ocurrido algo? —preguntó él.

—Sí, acaba de saltar por los aires.


Era una bomba idéntica a la que había estallado en la boda de Sam y Anne y, aunque había sido activada desde un lugar desconocido, estaba colocada en el lavabo de caballeros. La explosión hizo que una cómoda atravesara el tejado y que aterrizara sobre un coche aparcado. Afortunadamente estaba vacío. Pero media docena de personas resultaron heridas, dos de ella con quemaduras de tercer grado, y una con metralla incrustada en un ojo, algo que probablemente haría que perdiera la visión. El invernadero también había sufrido daños valorados en un montón de libras.

Estaba previsto que una hora más tarde un autobús escolar hiciera un tour por la zona y Anne se estremeció sólo de pensar lo que habría pasado si la bomba hubiera explotado entonces. De hecho, toda su familia comentó lo aliviada que se sentía cuando, la noche siguiente, se reunieron en el estudio después de cenar para hablar de lo sucedido. El otro punto favorable de aquella trágica situación era que Gingerbread Man hubiera cometido un error crucial. Había permitido que lo grabaran las cámaras de vigilancia. Y no sólo una parte de su cabeza, sino una imagen de su rostro.

El día anterior había entrado en el lugar fingiendo que era un técnico y puesto que tenía las credenciales adecuadas nadie se lo pensó dos veces a la hora de dejarlo pasar. Llevaba una gorra y mantenía la cabeza agachada de manera que la visera le cubría el rostro. Fue cuestión de suerte que cuando se disponía a salir, una persona que llevaba una pieza grande se chocara con él en el pasillo y se le cayera la gorra. Durante un segundo, él levantó la cabeza y resultó que estaba bajo una cámara de vigilancia. Si lo hubieran planeado no podría haber salido mejor.

—No es el monstruo que esperaba —dijo Louisa, mirando la imagen del rostro que habían grabado en la cámara. Ya se la habían entregado a las autoridades y pronto saldría en las noticias. Alguien lo reconocería y así podrían detenerlo.

–Tiene una mirada intensa –dijo Liv, mirando la foto–. Son sus ojos. Demuestran inteligencia.

–Si es tan inteligente –dijo Aaron–, ¿por qué ha cometido ese error?

–Por muy inteligente que sea era inevitable que metiera la pata –dijo Chris, mirando la foto otra vez. Después la dejó sobre la barra y se sentó junto a su madre–. Esta pesadilla está a punto de terminar.

–Tu padre se habría alegrado de oír eso –dijo ella con una triste sonrisa–. Ya era hora de que tuviéramos buenas noticias,. Deberíamos brindar para celebrarlo. ¿No crees?

–Estoy de acuerdo –dijo Aaron.

–Estoy seguro de que podríamos descorchar un par de botellas de champán –dijo Chris, y llamó a Geoffrey.

–Geoffrey, tráenos una botella de champán, por favor –dijo su madre cuando entró en su habitación.

Geoffrey asintió y dijo:

–Por supuesto, alteza.

–A mí tráeme un poco de agua –dijo Anne.

–A mí también –añadió Melissa.

–Creía que habías dejado de dar de mamar –dijo Louisa.

–Sí. Pero el champán me da sueño y tengo que despertarme para el biberón de las dos.

«Así estaremos Sam y yo dentro de unos meses» –pensó Anne, confiando en que su situación mejorara para entonces. Y por mucho que deseara que detuvieran a Gingerbread Man, era difícil sentir ganas de celebrarlo.

Durante toda la noche Sam había actuado como si no sucediera nada de lo normal, pero ella sabía que lo hacía por el bien de su familia. Ambos se habían puesto de acuerdo en que era mejor seguir actuando como unos felices recién casados. Pero de los que no se acostaban. Ni hablaban. Al menos se ahorraría la humillación de tener que admitir que apenas un mes después de la boda ya estaban teniendo problemas.

De pronto, hubo un estruendo detrás de la barra y todos se volvieron para mirar.

—Pido disculpas —dijo Geoffrey, agachándose para recoger la copa que había tirado. Anne estaba cerca y se agachó para ayudarlo a recoger los pedazos grandes. Mientras él barría los pedazos pequeños ella se percató de que le temblaban las manos y que estaba pálido.

Ella lo agarró de la mano. Estaba helado.

—¿Te encuentras bien?

—Es la artritis —dijo él disculpándose y retirando la mano.

Ella lo ayudó a servir el champán y cuando todo el mundo tuvo su copa brindaron por el nuevo rumbo de la investigación.

—Tengo una idea excelente —dijo la madre—. Deberíais jugar al póquer. Es viernes.

Todos se miraron. Los viernes solían jugar al póquer, pero no lo habían hecho desde la muerte del rey.

—Estaría bien —dijo Chris.

—Yo juego —intervino Aaron, y se volvió hacia Sam—. ¿Juegas?

—No he jugado desde la universidad, peo estoy seguro de que me acordaré.

Chris y Aaron sonrieron como tiburones.

–Contad conmigo –dijo Garrett.

–Creo que yo me iré al laboratorio –dijo Liv.

–¿No juegas al póquer? –le preguntó Sam.

–No la dejamos –dijo Aaron sonriendo–. Hace trampas.

–¡No es cierto! –dijo ella sonrojándose.

–Cuenta las cartas –dijo Aaron.

–No es a propósito –le dijo ella a Sam–. Es sólo que tengo mucha memoria fotográfica cuando se trata de números.

–¿Y tú, Anne? –preguntó Chris–. ¿Echas una partida?

Aunque Anne solía jugar decidió que era mejor dejarle un poco de espacio a Sam. Quizá si se relajaba con sus hermanos y se tomaba unas copas conseguiría olvidarse de lo enfadado que estaba con ella.

–No creo.

–¿Por qué no me ayudas a acostar a los trillizos? –sugirió Melissa–. Para que vayas practicando. Después te parecerá sencillo tener dos hijos.

–Encantada.

–¡Yo también os ayudo! –dijo Louisa entusiasmada.

–Pensé que podríamos ver una película –dijo su madre.

–Por supuesto –dijo Louisa con una amplia sonrisa, aunque suponía que en el fondo prefería ayudar a Melissa.

Todos se marcharon y Anne siguió a Melissa hasta el cuarto de los niños.

–¿Habéis decidido si os mudáis a la habitación principal? –le preguntó Anne.

–No lo sé. Creo que debería seguir perteneciendo a la reina.

–¿Te has olvidado de que tú eres la reina? –le dijo, a pesar de que a su madre la habían nombrado Reina Madre.

–Es difícil de aceptar –dijo Melissa–. Hace tres años ni siquiera sabía que pertenecía a la realeza. Pero no puedo negarte que estaría bien tener tanto espacio.

En lugar de entrar en el cuarto de los niños, Melissa se dirigió a su cuarto y abrió la puerta.

–Pensaba que… –dijo Anne confusa.

–La niñera ya los ha acostado. Quería hablar contigo y no quería decirlo delante de todo el mundo.

Anne sintió que se le encogía el corazón. ¿Era tan transparente que Melissa se había percatado de que algo iba mal? ¿O era que los había oído discutir la otra noche?

Se sentaron en el sofá junto a la ventana y Anne contuvo la respiración. Si Melissa le preguntaba por Sam ¿qué le diría? No quería mentir, pero le había prometido a Sam, por el bien de su trabajo, que no se lo contaría a nade.

–Quería hablar contigo de una cosa. Sobre Louisa.

–¿Louisa? ¿Qué ha hecho? –preguntó Anne, confusa pero aliviada.

–No ha hecho nada. Ha pasado algo… –se detuvo y suspiró.

–¿Qué ha pasado?

–Chris y yo vamos a dar una noticia y temo que ella se disguste. He hablado con tu madre, pero ella me sugirió que hablara contigo. Conoces a Louisa mejor que nadie. Pensé que a lo mejor se te ocurría una manera de que pudiéramos suavizar el efecto.

—¿Qué es lo que puede disgustarle tanto? ¡Oh, cielos, Melissa! ¿Estás embarazada?

Ella se mordió el labio inferior y asintió.

—Ayer me hice la prueba.

—¿Ya? —se rió. Los trillizos apenas tenían cuatro meses.

—Evidentemente no estaba planeado. Después del tratamiento de fertilidad y de la fecundación in vitro, no pensé que pudiera quedarme embarazada naturalmente. Por no mencionar que se supone que no te puedes quedar embarazada mientras se da de mamar. Parece ser que conmigo ha ocurrido justo lo contrario. Si hubiésemos sabido que existía esa probabilidad habríamos tenido mucho más cuidado.

—¿De cuánto estás?

—Probablemente de cuatro o cinco semanas.

—O sea que tus hijos se llevarían un año.

—No me lo recuerdes.

—Seis bebés nacidos en un año —Anne negó con la cabeza con incredulidad—. Vamos a tener que construir otra ala en el castillo.

—Por eso me preocupa Louisa. Está desesperada por quedarse embarazada. ¿Te has fijado en Garrett últimamente? El pobre chico está agotado.

—Sí, pero siempre está sonriendo.

—Aun así, ella es tan delicada… Me da miedo que esto sea demasiado.

Louisa era mucho más fuerte de lo que todos creían.

—Primero, Louisa no es tan delicada. Y segundo, si fuera al revés, sabes que no dudaría un instante en

108

dar la noticia al mundo entero. Aunque eso supusiera herir los sentimientos de alguien.

–Tienes razón –dijo Melissa.

–Louisa nunca ha tenido paciencia. Cuando desea algo, no quiere esperar para conseguirlo. Pero Garrett y ella sólo llevan un par de meses intentándolo. Puede llevarles algún tiempo. Tendrá que aceptarlo.

–¿De veras crees que no debería preocuparme?

–Sí. Y si se disgusta ya se le pasará.

–Gracias –dijo ella, agarrando la mano de Anne.

Después estuvieron un rato hablando del embarazo de Anne y ella fingió que todo iba bien y que no estaba asustada. Sólo habían pasado dos días, pero ¿y si Sam no la perdonaba? ¿Podría estar con un hombre que no la aceptaba?

Cuando Sam entró en la habitación aquella noche ella ya estaba acostada, pero seguía despierta. Él no dijo ni una palabra y se acostó de espaldas a ella. Aquella noche, Anne durmió de manera interrumpida y hacia las seis y media se levantó para ir a tomarse un vaso de leche.

Al entrar en la cocina se sorprendió al ver que Chris estaba allí, tomando café y leyendo el periódico.

–Has madrugado mucho –dijo ella, sirviéndose un vaso de leche.

–Tenía que levantarme para la toma de las cuatro –dijo él, dejando el periódico–. Después no he podido volver a dormirme. Cuando los trillizos duerman toda la noche de un tirón estaré encantado.

–¿Y no tenéis niñeras para eso?

–Sólo para echarnos una mano. Mel y yo acordamos que si íbamos a tener hijos no queríamos encargarle todo el trabajo sucio a las empleadas.

–Discúlpeme, alteza.

Ambos se volvieron y vieron que Geoffrey estaba de pie en la puerta de su residencia, junto a la cocina. Tenía un aspecto terrible. El cabello alborotado y los ojos enrojecidos, como si no hubiera dormido nada.

–Quería hablar un momento con usted –dijo Geoffrey.

–Por supuesto, ¿qué ocurre?

Él se acercó con una hoja de papel en la mano. Era la foto que las cámaras de vigilancia habían tomado de Gingerbread Man.

–Tengo que hablar con el equipo de seguridad sobre esta foto –dijo dejándola sobre la encimera.

–¿Lo reconoces? –preguntó Anne.

–Así es –asintió Geoffrey.

–¿Quién es? –preguntó Chris.

–Este hombre es mi hijo –dijo con voz temblorosa.

# Capítulo Diez

Su nombre era Richard Corrigan.

Toda la familia se sorprendió al enterarse de que Gingerbread Man era el hijo de Geoffrey, pero al menos ya sabían por qué había comenzado toda esa historia.

Según la madre de Richard, con quien Geoffrey habló inmediatamente, a su hijo siempre le había caído mal la familia real. Sobre todo los niños, porque sentía que su padre los prefería a ellos que a él. Pero su resentimiento no se convirtió en violencia hasta tiempo después.

Pertenecía al cuerpo de Operaciones Especiales del ejército y había recibido muchas condecoraciones hasta que lo enviaron a una misión en Afganistán y vio cómo asesinaban a muchos de sus compañeros. En lugar de recibir apoyo para superar el síndrome postraumático, fue retirado de la misión. Al parecer, fue entonces cuando empezó a culpar a la familia real por sus problemas.

Geoffrey tenía que admitir que hacía meses que sospechaba que el acosador podría ser su hijo, pero no se atrevió a reconocer la verdad hasta que no vio la foto.

Intentó dejar su trabajo en la familia real, pero nadie admitió su dimisión. Era parte de la familia y las familias debían permanecer unidas. Chris le prometió que cuando detuvieran a Richard se aseguraría de que recibiera la ayuda psiquiátrica que necesitaba.

Por desgracia, un mes después, todavía no lo habían arrestado.

Anne no podía evitar pensar que se habían anticipado al celebrar su futura captura con champán. Y aunque confiaba en que lo detuvieran antes de que hiciera estallar otra bomba y provocara heridos, los problemas que tenía en su relación con Sam, hacían que esperara lo peor.

Había transcurrido un mes desde la discusión, pero a Sam todavía no se le había pasado. Anne no soportaba la indiferencia que mostraba hacia ella. Ni el silencio. Sólo hablaban cuando era necesario y, aun así, sólo obtenía monosílabos como respuesta. A menudo, él trabajaba hasta tarde, o salía de copas con sus amigos. Delante de su familia actuaba como si fueran un matrimonio feliz, algo que ella agradecía.

Sin embargo, no la había besado en todo el mes y, aunque ella había intentado iniciar una relación sexual en más de una ocasión, él se había comportado con indiferencia. Ella sabía que los hombres no podían pasar sin sexo mucho tiempo y temía que cualquier día él llegara a casa oliendo al perfume de otra mujer.

Por ese motivo, continuó intentando seducirlo y aprovechaba las noches en que sabía que estaba de buen humor y que podía haber bajado la guardia. Seguía pensando que si hacían el amor y le recordaba lo bien que se llevaban, él querría perdonarla.

Después, comenzó a pensar que a lo mejor no

quería hacer el amor con ella porque ya no le excitaba su cuerpo. A lo mejor no se sentía atraído por su vientre abultado y por eso no quería ni tocarla.

Anne comenzó a obsesionarse hasta el punto en que ya no le gustaba mirarse en e espejo. Siempre se había sentido contenta con su cuerpo y nunca le había importado lo que pensaran los demás. Sin embargo, empezó a utilizar ropa ancha para ocultar su silueta, dejó de desvestirse delante de él y comenzó a ducharse con la luz apagada para no tener que ver su propia imagen.

Se convenció de que era tan despreciable que dejó de intentar seducir a Sam. Y se resignó ante la idea de que tarde o temprano él encontraría a otra mujer para satisfacer su deseo sexual. Se convertirían en una de esas parejas que fingían ser felices delante de los demás, a pesar de que todo el mundo rumoreara sobre ellos.

–Pobre Anne –dirían–. Es demasiado ingenua y no se da cuenta de que la está engañando.

Al pensar en esa posibilidad sentía como si le hubieran dado la puñalada final.


Anne se acostaba cada día más temprano, de modo que cuando Sam llegaba tarde a casa después de trabajar no le sorprendía oír que a las nueve ella ya se había acostado.

Después de picar algo en la cocina y de hablar un ratito con Chris sobre la reunión a la que habían asistido, Sam se dirigió al piso de arriba. Esperaba que Anne ya estuviera dormida, pero la cama estaba vacía. Se dirigió al vestidor para cambiarse de ropa y oyó el agua de la ducha. La puerta del baño estaba entreabierta y Sam tuvo que contenerse para no asomar la cabeza.

A pesar de lo que había sucedido, seguía sintiéndose atraído por ella y la deseaba tanto que a veces tenía que darse una ducha fría para controlar sus impulsos o despertaba en mitad de la noche empapado en sudor.

Acostarse a su lado cada noche sin acariciarla, era una tortura. Había necesitado mucha fuerza de voluntad para rechazarla cuando lo provocaba. Pero no le parecía justo hacerle el amor y darle esperanzas de que la situación podía cambiar cuando sabía que no era cierto.

Sam sabía que le estaba haciendo muchísimo daño y, a pesar de lo que ella pudiera pensar, no era su intención.

Habían pasado casi dos semanas desde la última vez que ella intentó mantener relaciones sexuales con él y Sam cada día la deseaba más. Sin embargo, sabía que hacer el amor con ella sólo complicaría las cosas.

Sam se acercó a la puerta del baño, con la idea de golpearla accidentalmente con el codo mientras se quitaba la chaqueta. Al hacerlo, se percató de que no se veía nada en el interior. La habitación estaba completamente a oscuras.

¿Por qué se estaba duchando con las luces apagadas?

Perplejo, se dirigió al dormitorio y dejó el reloj y el teléfono móvil sobre la mesilla. Recordó que tenía que levantarse temprano para asistir a una reunión y puso la alarma a las seis y media. Regresó al vestidor y se quitó la camisa. Vio que Anne estaba secándose de espaldas a él. Al verla desnuda sufrió una erección. Ella dejó caer la toalla y se volvió hacia él, gritando al verlo allí de pie. Inmediatamente se agachó para recoger la toalla y cubrirse el cuerpo.

–¿Qué diablos te pasa?

Al oír el tono duro de sus palabras, ella dudó un instante.

–Lo siento… No sabía que estabas aquí.

¿Qué creía que estaba haciendo? ¿Lo castigaba impidiendo que la viera desnuda? ¿Torturarlo? Pues tenía noticias para ella. Daba igual que estuviera vestida o desnuda. Era una tortura de todas maneras. La deseaba. Además, estaba en deuda con él.

Se acercó a ella, agarró la toalla y se la quitó. Ella trató de cubrirse con las manos, buscando a su alrededor para taparse con otra cosa.

Sam se percató de que estaba sonrojada. Avergonzada.

–Anne, ¿qué te pasa?

–Estoy gorda –dijo ella con lágrimas en los ojos–. Mi cuerpo es asqueroso.

De pronto, todo cobró sentido. El motivo por el que no se desvestía delante de él. Y por el que se duchaba con las luces apagadas. Estaba avergonzada de su cuerpo. Una mujer que seis semanas antes no tenía problema en ir desnuda por ahí, mostrándose ante él.

SI hubiese sido otra persona él quizá hubiera sospechado que estaba fingiendo para hacerlo sentir culpable por ignorarla. Pero sabía que aquello era verdad.

Lo había conseguido. Le había roto el corazón.

Había conseguido que se odiara a sí misma y que lo odiara a él por ello.

Y Sam no podría vivir si no lo solucionaba.


Cuando Sam se acercó a ella con furia, ella pensó que iba a pegarle. Incluso se cubrió con las manos para protegerse. Sin embargo, el la tomó en brazos y ella notó su erección contra la cadera.

¿Era eso lo que necesitaba para excitarse? ¿Humillarla?

Sam la llevó hasta el dormitorio y la tumbó en la cama. Ella trató de cubrirse con la colcha y él la retiró. Después, comenzó a desabrocharse los pantalones.

–¿Qué estás haciendo? –preguntó ella, y se amonestó por parecer tan frágil y débil.

–¿Qué te parece que estoy haciendo?

–No… No quiero.

–Es evidente que te has creado una versión equivocada de la realidad y me siento obligado a corregirte –se quitó los pantalones–. No tocarte ha sido la peor de las torturas. Pero me he contenido. Pensé que no era justo darte esperanzas de que todo podía cambiar. Pero ahora me doy cuenta de que sólo he empeorado las cosas.

Anne tenía miedo de pronunciar palabra. Él se tumbó sobre su cuerpo y ella tuvo que contenerse para no gemir.

–Esto no cambia nada –dijo él–. Ni nuestra relación ni lo que siento por ti. ¿Lo comprendes?

Anne lo comprendía aunque no podía aceptarlo. Pero lo echaba tanto de menos que no le importaba lo que pasara después. Deseaba acariciarlo, sentirlo en su interior. Tenía un nudo en la garganta y temía ponerse a llorar si hablaba, así que asintió.

—Eres una bella mujer, Anne. Siento si mi manera de comportarme te ha hecho pensar otra cosa —agachó la cabeza y la besó. Se colocó entre sus piernas y la penetró con fuerza, una y otra vez, casi como si intentara castigarla. Pero era tan maravilloso saber que él todavía la deseaba, que las lágrimas escaparon de sus ojos. Casi inmediatamente, empezó a temblar y Sam no tardó mucho en acompañarla. Ella no quería que aquello terminara porque deseaba permanecer junto a él. Entonces, se percató de que él todavía no había terminado. Apenas tuvo tiempo de recuperar la respiración antes de que él empezara a penetrarla de nuevo, aguantando más tiempo y provocando que ella llegara al orgasmo dos veces antes de que él alcanzara el clímax. Y tras descansar unos instantes, él estaba preparado para continuar. Era como si su cuerpo estuviera recuperando el tiempo perdido y se negara a descansar hasta que se hubiera saciado. Anne lo recibió con deleite.

Llegó un momento en que se quedaron dormidos, abrazados. Entonces, a mitad de noche, ella despertó al notar que él tenía la mano entre sus piernas y la estaba acariciando. Ella gimió, lo atrajo hacia sí e hicieron el amor una vez más.

# *Capítulo Once*

Cuando Anne despertó a la mañana siguiente, Sam estaba en la ducha. Ella permaneció en la cama esperándolo. Nunca había estado tan satisfecha físicamente y sentía una mezcla de alegría y temor.

Jamás había tenido una relación sexual tan apasionada como la de la noche anterior. ¿Y después qué? ¿Sam continuaría ignorándola? ¿Podría ella vivir así? ¿Merecía la pena?

Oyó que cerraba el grifo y que se abría la puerta del baño. Él apareció con la toalla enrollada en la cintura y el cabello mojado. Se acercó a la cama y se sentó sin decir palabra. Al cabo de un momento, se volvió para mirarla.

–Estoy harto de estar enfadado. Es agotador y no nos hace ningún bien. Sin embargo, eso no cambia el hecho de que sigo aquí por nuestros hijos –la miró a los ojos–. ¿Te queda claro?

–Sí –dijo ella, convencida de que, tarde o temprano, él volvería a admitir que había estado a punto de enamorarse de ella. Podría conseguirlo. Sólo tenía que tener paciencia.

–Y dicho esto, no hay motivo por el que no debamos intentar sacar lo mejor de la situación.

–Yo lo he intentado –le recordó ella.

–Lo sé. Y yo he sido un egoísta: Pero esta vez será diferente. Lo prometo.

Anne deseaba creerlo. Tenía que creerlo.

Uno de los bebés se movió y comenzó a darle patadas. Ella se llevó la mano al vientre.

–¿Se está moviendo? –preguntó él.

–¿Quieres notarlo? Hace mucho que no lo tocas.

–Los noto todas las noches. En cuanto te quedas dormida empiezan a moverse. Me sorprende que tú puedas dormir.

Anne no tenía ni idea de que él notaba moverse a sus hijos mientras ella dormía. Eso significaba algo, ¿no?

Sam se colocó de lado y puso la mano sobre su vientre.

–Tenemos que pensar en los nombres –dijo ella–. Me gustaría ponerle James. Por mi padre.

–Está bien –dijo él, acariciándole el vientre más abajo y provocando que ella empezara a excitarse–. Yo pensaba en Victoria, por mi abuela.

–Me gusta ese nombre –dijo ella, y cerró los ojos para disfrutar de la sensación de sus caricias. Entonces, Sam movió la mano y comenzó a acariciarle la entrepierna. Anne no pudo contener un gemido.

–¿Ya estás excitada? –preguntó él, acariciándola con los dedos–. Podría hacer que tuvieras un orgasmo ahora mismo –le dijo mientras le acariciaba el pezón con la lengua.

Era cierto que podía hacerlo, pero ella deseaba que no fuera así. Quería que durara un rato, por si era la última vez. Deseaba saborear cada momento.

Anne le abrió la toalla y al ver su miembro erecto lo introdujo en su boca. Sam gimió y le acarició el cabello, echando su cabeza hacia atrás sobre la almohada. Ella sabía muy bien cómo hacer que perdiera el control. El ritmo perfecto, el punto clave bajo su sexo… Pero cuando él empezó a tensar el cuerpo, la hizo parar. La tumbó boca arriba y se colocó sobre ella. Le agarró las piernas y se las colocó sobre los hombros. Entonces, la penetró. Por las mañanas solían hacer el amor de manera tranquila, pero esa vez era diferente. Aquello era sexy y salvaje. Al cabo de un momento, ella se estremecía de placer, pero él no cedió hasta que no le provocó el orgasmo por segunda vez. ¿Se preocuparía tanto por que obtuviera placer si no le importara? ¿Si no la amara?

Anne decidió no pensar en ello y cerró los ojos para dejarse llevar por las sensaciones.

Al cabo de un momento, Sam se derrumbó a su lado con la respiración acelerada.

–Santo cielo…. Ha sido fantástico.

–Habrás notado que mi vientre empieza a molestar.

–Sí –la miró y sonrió–. La próxima vez lo intentaremos a cuatro patas.

Ella estuvo a punto de decirle que lo intentaran en ese momento, pero Sam miró la hora en el teléfono y blasfemó.

–Has hecho que llegue tarde.

–No me eches a mí la culpa. Tú has empezado.

–Sí, pero si no fueras tan irresistible, no habría caído en la tentación. Tengo que irme –dijo él, y la besó en la frente antes de bajar de la cama.

Ella observó cómo se preparaba para ir a trabajar, tal y como había hecho montones de veces.

Como por arte de magia, Sam volvía a ser el mismo de antes. Le hablaba, bromeaba, y pasaba tiempo con ella. Mantenían relaciones muy a menudo y él no parecía cansarse de ella.

Aunque le había dejado bien claro que sólo estaba con ella por el bien de sus niños, se comportaba como si fueran un matrimonio de verdad. Había cambiado por completo, como si las semanas anteriores no hubieran tenido lugar. Sam volvía a ser el hombre paciente y encantador con el que se había casado.

Sin embargo, ella se sentía nerviosa. Tenía miedo de decir o hacer algo incorrecto y que él volviera a echarla de su vida.

Comenzaba a sentir que le pasaba algo. ¿Por qué no podía relajarse y ser feliz?

Quizá fuera cierto que era la rara de la familia. Quizá estaba destinada a vivir la vida en agonía. ¿O era que le daba miedo ser feliz porque sufriría más cuando las cosas fueran mal?


Desde la boda, Anne sólo había visto a los padres de Sam en un par de ocasiones. Y siempre antes de la pelea. Cada vez que él había ido a verlos desde entonces, había encontrado una excusa para no llevarla. Aunque en la mayoría de las veces ni siquiera le contaba dónde iba. Era como si estuviera evitando que tuvieran una buena relación. Ella no quería que ellos pensaran que los estaba evitando o que no le caían bien. Deseaba tener una buena relación con sus suegros.

Finalmente, cuando los invitaron a cenar una

noche de noviembre, Sam aceptó. Y Anne descubrió que estaba nerviosa. ¿Qué les había contado acerca de su matrimonio?

–¿Lo saben? –preguntó a Sam a cuando estaban a punto de marcharse.

–¿El qué? –preguntó Sam.

–Lo nuestro. Cómo nos han ido las cosas.

–Yo nunca les he contado nada –dijo él, ayudándola a ponerse el abrigo–. Por lo que ellos saben, todo va bien. Y por lo que a mí respecta, así es.

A Anne le hubiera gustado sentirse más segura.

Aquella mañana había empezado a nevar por primera vez en la temporada, y cuando llegaron a casa de los padres de Sam las carreteras empezaban a complicarse bastante.

Lo primero que hizo la madre de Sam, después de que se quitaran los abrigos y las botas, fue llevar a Anne al piso de arriba para que viera la habitación que estaba preparando para los gemelos.

–¡Es preciosa! –dijo Anne acariciando una de las cunas. Las paredes estaban pintadas de un tono verdoso y había unas estanterías llenas de libros y juguetes, muchos de los cuales habían pertenecido a Adam y a Sam.

–Yo ni siquiera he empezado a preparar el cuarto de los niños –dijo Anne–. Cuando Chris y Melissa se muden a la suite principal, nosotros nos mudaremos a su habitación porque el cuarto de los niños está al lado.

–Espero que no te importe que haya montado una habitación para ellos –dijo la madre.

–Por supuesto que no.

–Sabemos que a las parejas les sienta bien tener

algunos ratos para estar a solas. Nos encantaría que los gemelos pasaran aquí la noche de vez en cuando.

–Son vuestros nietos. Por supuesto que podrán quedarse aquí.

–Me alegro. No estábamos seguros de lo que pensabas.

Porque Anne no había estado presente en sus vidas. Su suegra no dijo nada, pero Anne supo que lo estaba pensando. ¿Qué podía decir? No iba a contarles la verdad.

Decidió que a partir de entonces intentaría pasar más tiempo con ellos. Invitaría a su suegra a tomar el té, o quizá podía invitarla a ir de compras a Milán o a París. También podía invitar a ambos a cenar al castillo.

–Siento no haber venido a veros más a menudo –dijo Anne–. Me parece que no he sido una buena nuera.

–Oh, Anne –dijo la madre tocándole el brazo–. Por favor, no hace falta que te disculpes. Sam nos ha contado lo difícil que es salir del castillo por el tema de seguridad y todo eso. Nos dijo que estáis prácticamente prisioneros en el castillo.

Eso era cierto, pero no era el motivo de su ausencia.

–Me alegraré mucho cuando detengan al hombre que os ha estado molestando –dijo la madre de Sam.–. Deberían encerrarlo y tirar la llave.

Era curioso, pero desde que se habían enterado de que era el hijo de Geoffrey y que tenía problemas psicológicos, ya no sentía tanto odio hacia él. Más bien lástima. Por supuesto, deseaba que lo detuvieran, pero para que pudiera recibir la ayuda que necesitaba. No quería ni imaginar los horrores que debía de haber vivido en la guerra.

–Es un hombre enfermo que necesita ayuda psiquiátrica –dijo Anne–. Todos nos alegraremos cuando lo detengan.

El padre de Sam apareció en la puerta.

–Supuse que os encontraría aquí. La cena está lista.

Durante toda la cena, Anne tuvo la sensación de que ocurría algo. Los padres de Sam parecían nerviosos. Después del postre se dirigieron al salón para tomar una copa. Anne bebió agua mineral. Cuando la doncella salió de la habitación, Sam les preguntó a sus padres:

–Bueno, ¿nos vais a contar qué es lo que os está preocupando?

Al parecer, Anne no había sido la única que había notado que sucedía algo.

–Hay algo que tenemos que deciros –dijo el padre, y su esposa lo agarró de la mano.

–¿Qué ocurre? –preguntó Sam con el ceño fruncido.

–Hace unas semanas fui a hacerme la revisión médica anual y el médico descubrió que tengo la próstata muy grande. Me hicieron unas pruebas y resulta que tengo cáncer. Sin embargo, todavía no está muy avanzado y dice que es de los menos agresivos.

–Ni siquiera recomienda que se someta a una operación –dijo la madre–. Creen que con una serie de radioterapia tu padre se pondrá bien.

Anne notó que Sam suspiraba aliviado.

–Eso es estupendo –dijo él, sentándose al lado de Anne–. ¿Podría ser mucho peor, no?

–Muchísimo peor.

Sam miró a sus padres.

–Hay algo más, ¿no es así?

Ellos se miraron. Después, su padre comentó:

–He decidido que en vista de mi estado de salud, ha llegado el momento de retirarme.

–¿Retirarte? Pero si te encanta ser primer ministro. ¿Qué vas a hacer?

–Relajarme. La verdad es que ya estoy cansado de la política. De trabajar muchas horas y de los conflictos constantes. Estoy cansado. Abandono, y hasta que termine mi mandato dentro de seis meses, el primer ministro suplente ocupará mi cargo.

Anne supo enseguida lo que Sam estaba pensando. Si no hubiera sido por su matrimonio, por ella, Sam tendría la oportunidad de ocupar el puesto de su padre. Y lo conseguiría, porque sería el más cualificado de todos los que pudieran optar al cargo. Habría llegado a ser primer ministro, tal y como siempre había deseado.

Pero eso nunca sucedería. Y era culpa de ella.

–Imagino que después de eso se quedará a cargo –dijo Sam.

–Seguro que sí –dijo el padre, y Anne supo lo que Sam estaba pensando. En más de una ocasión había dicho que los suplente eran unos imbéciles.

–Sé que esto es difícil para ti, hijo –dijo su padre, evitando mirar a Anne.

–Estoy bien –dijo Sam, forzando una sonrisa–. Ni siquiera deberías preocuparte por cómo me afecta esto. Lo único importante en estos momentos es tu salud. Si tú estás contento, me alegro por ti.

Parecía sincero, pero Anne era capaz de reconocer su ironía.

Puesto que el tiempo estaba empeorando, se marcharon de casa de los padres de Sam poco después. Una vez en el coche y de camino al castillo, Sam bajó la guardia y permitió que ella viera lo disgustado que estaba.

–El suplente es un idiota.

Pero era atractivo y tenía carisma, y la gente lo había elegido por eso.

–Sam –comenzó a decir Anne, pero él levantó la mano para que se callara.

–Por favor, ahora no.

Ella sabía que aquello era inevitable. Por desgracia, aquello no hacía que la realidad de la situación fuera más fácil de aceptar.

Se acomodó en el asiento del coche y miró cómo los copos de nieve caían sobre la ventana, tratando de convencerse de que en un par de días todo estaría bien.

Trataba de convencerse de ello porque la alternativa era inimaginable. Si él se encerraba de nuevo en sí mismo, ¿cuánto tiempo tardaría en volver a recuperarlo?

¿Y querría intentarlo?

# Capítulo Doce

Sam sabía que estaba siendo injusto y egoísta, pero ni siquiera podía mirar a Anne.

La idea de no seguir los pasos de su padre siempre le había disgustado, pero era más fácil de asimilar cuando lo imaginaba como algo lejano en el futuro. Enfrentarse a ello tan pronto, sólo le servía para recordar todo lo que había perdido. Todo lo que deseaba y nunca tendría. Y no podía evitar culpar a Anne.

Además, su padre tenía cáncer. Sam confiaba en que le hubieran dicho la verdad y que no estuvieran restándole importancia para que no se preocupara.

Debido al mal tiempo, tardaron el doble de lo normal en llegar a casa y una vez allí decidió que necesitaba estar solo unos días para asimilar lo que estaba pasando. Si encontraba la manera de ausentarse un par de días, lo haría. La reforma de su casa había terminado hacía meses, así que podría quedarse allí. Pero estaba el problema de la familia de Anne. Si no tenía cuidado, podría quedarse sin empleo. Al menos, con un trabajo que le agradaba tenía un lugar donde refugiarse.

De otro modo, estaba atrapado.

Anne permaneció en silencio mientras se preparaban para irse a la cama, pero cuando se metieron en ella trató de acariciarlo.

Sintiéndose como un cretino, él la rechazó. Anne sólo trataba de consolarlo, de ser una buena esposa, pero él no podía permitírselo. Todavía no. La herida estaba demasiado reciente.

«Mañana me encontraré mejor», pensó él. Pero al día siguiente, después de haber pasado casi toda la noche sin dormir, se sentía peor. Anne intentó hablar con él, pero Sam negó con la cabeza y dijo:

—No estoy preparado —odiándose al ver una expresión de dolor en su rostro que ella trataba de ocultar. No estaba siendo justo con ella. Tenía que llegar un momento en que la perdonara, pero no podía evitar lo que sentía. Amargura y resentimiento. Y cada día que pasaba, se encerraba más en sí mismo.

Sólo unos días antes había estado a punto de perdonarla. Sin embargo, se sentía como si fuera a estar enfadado con ella de forma indefinida.

Anne se sentía horrible al ver a Sam tan disgustado.

Desde que su padre le había dado la noticia dos semanas antes, todo había empeorado. Ella había intentado ser paciente y comprensiva. De darle tiempo y de dejarle espacio para que lo asimilara. Pero ya no estaba segura de poderle dar nada más.

A pesar de que lo amaba, no tenía fuerza para seguir luchando. Y menos cuando se trataba de una batalla unilateral. Forzarlo a que se quedara a su lado cuando él no lo deseaba no era lo correcto. No era justo para él, ni para ella. Ni siquiera para los bebés.

Era evidente que debían separarse. Por el bien de todos.

Tomar la decisión le resultó muy duro, pero al mismo tiempo se sentía aliviada. Lo más difícil era hablar con Chris y admitir que, tan sólo unos meses después de casarse, su matrimonio había terminado.

–Tenía la sensación de que algo iba mal –le dijo él–. Pero confiaba en que lo solucionaríais.

–Lo hemos intentado. Pero no va a funcionar. No somos felices.

–Entonces, lo que me estás pidiendo es permiso para divorciarte.

–Comprendo la posición en que dejo a la familia, y lo siento de veras.

Él suspiró.

–Un pequeño escándalo no acabará con nosotros.

–¿Me darás permiso?

–Si hay una cosa que he aprendido es que la vida es demasiado corta. Te mereces ser feliz y no estar anclada a un matrimonio que no funciona. No puedo negar que Sam me cae muy bien. Y que ha hecho un trabajo excelente como embajador.

–Pero si nos divorciamos podrá regresar al mundo de la política otra vez.

–Perderá el título, así que podrá optar a cualquier cartera.

Al menos podía darle eso. Y tras habérselo contado a Chris se sentía mucho mejor. Tuvo que esforzarse para no ceder ante el dolor, y buscar en su interior para encontrar a la vieja Anne. La arpía. Aquella Anne que no necesitaba a nadie, a la que no le importaba lo que la gente pensara de ella. Y aun así, no podía evitar aferrarse a la esperanza de que cuando se enfrentara a la realidad, a la idea de que su matrimonio iba a terminar, Sam se daría cuenta de todo lo que estaba abandonando. Quizá entonces comprendería que la amaba.

Esperó a que llegara la noche para hablar con él. Sam acababa de llegar de trabajar y estaba en la habitación cambiándose de ropa para cenar. Ella entró y cerró la puerta.

–Tenemos que hablar –dijo ella.

–Ahora no es buen momento –dijo él sin mirarla.

–Entonces, hablaré yo y tu escucharás.

Él se volvió con expresión de dolor.

–No estoy preparado. Necesito tiempo.

–No podemos seguir haciendo esto –dijo ella.

–¿El qué?

–Esto. Ambos somos infelices, creo que sería mejor si… –se le trabaron las palabras y enderezó los hombros para intentar continuar–. Creo que sería mejor si nos separáramos.

Él la miró con los ojos entornados y preguntó:

–¿Es aquí cuando tengo que darme cuenta de que no podría vivir sin ti?

Al parecer no. Ella tragó saliva para deshacer el nudo que tenía en la garganta. Ya estaba. Era el verdadero final. Su matrimonio había terminado.

–No. Es ahora cuando te pido que te vayas, y te digo que quiero el divorcio.

–¿Lo dices en serio?

Ella asintió.

–¿Así sin más?

Ella se encogió de hombros tratando de fingir que no estaba destrozada.

–Así sin más.

–Estás abandonando.

–Hacen falta dos para que un matrimonio funcione, Sam. Tú abandonaste hace mucho tiempo. Y yo no puedo seguir luchando.

Sam no lo negó porque sabía que ella tenía razón.

–Ya he hablado con mi abogado y está preparando los papeles del divorcio.

–Una vez dijiste que cuando estuviéramos casados no habría vuelta atrás.

–He hablado con Chris y va a darnos permiso. Me aseguró que en el momento en que el divorcio se haga efectivo perderás el título. Deberías tener tiempo para presentar la campaña y presentarte a primer ministro. Conseguirás lo que siempre has querido.

–¿Por qué estás haciendo esto? ¿Por qué ahora?

–Porque no puedo seguir viviendo así. Puede que haya cometido un gran error, Sam, pero no puedo pagarlo el resto de mi vida. Merezco ser feliz. Casarme con alguien que me quiera, y no con un hombre que me aguanta por el bien de nuestros hijos.

–Me casé contigo por ellos.

–No tiene sentido que sus padres sigan casados si todos están descontentos. Compartiremos la custodia, y crecerán sabiendo que ambos los queremos mucho, aunque no vivamos en la misma casa. Tendrán una vida feliz, como tantos otros niños cuyos padres están divorciados.

–¿Y mi cargo de embajador?

–Chris está buscando un sustituto. Eres libre para buscar el trabajo que quieras.

–Me gustaba mi trabajo.

–Ahora podrás tener el que deseas.

Sam permaneció en silencio mucho tiempo, como si estuviera reflexionando sobre ello.

Después asintió y dijo:

–Probablemente sea lo mejor.

–Me gustaría que te fueras esta noche –dijo Anne, tratando de mantener la compostura. De hablar y actuar con frialdad.

Al fin y al cabo era La Arpía. No permitía que la gente le hiciera daño.

–Si eso es lo que quieres –dijo él.

«No», deseaba gritar ella. Lo quería a él, tal y como habían estado después de la boda. El hombre que se había comportado de manera dulce y cariñosa cuando ella perdió a su padre. Su pareja.

Quería que él la amara. Pero eso no iba a suceder nunca.

–Es lo que quiero. Me iré para que puedas recoger tus cosas.

–¿Estás segura?

–Nunca he estado tan segura de algo en mi vida. Yo sólo… –tragó saliva–. Ya no te quiero.

–Nunca tuvo que ver con el amor.

No para él, pero sí para ella. Y que ya no lo amaba era una mentira.


Sam se sintió aliviado.

Ya no tenía trabajo, estaba a punto de firmar el divorcio y no viviría en la misma casa que sus hijos gemelos. Eso lo alegraba.

Al menos, de eso era de lo que había tratado de convencerse. Una y otra vez. Y estaba seguro de que con el tiempo terminaría creyéndoselo.

Se mudó a su casa de la ciudad. Exactamente donde quería estar. Sólo para descubrir que ya no se sentía cómodo allí.

Trató de convencerse de que con el tiempo se acostumbraría. Podría continuar con su vida. Seguir los pasos de su padre y llegar a ser primer ministro. Pero la idea de soportar una dura campaña lo agotaba. Ni siquiera había pensado a quién contrataría para llevarla a cabo.

Pero había tomado la decisión correcta al separarse de Anne. Claro que tampoco le habían dejado mucha opción.

Y si estaba tan seguro de ello, ¿por qué no se lo había dicho a sus padres después de tres días? Sólo era cuestión de tiempo que la noticia llegara a los periódicos y él no podía permitir que ellos se enteraran por los periódicos que su hijo había fracasado como esposo.

Y así era como se sentía. Como un fracasado.

—¡Qué agradable sorpresa! —le dijo su padre cuando Sam se presentó sin avisar. Pero mientras se quitaba el abrigo, el padre frunció el ceño.

—¿Has estado enfermo?

—¿Por qué lo preguntas?

—Bueno, es miércoles. No estás trabajando. Y perdona que te diga, pero tienes un aspecto terrible.

Sam llevaba el cabello alborotado, tenía barba de varios días y la ropa sin planchar.

—No, no estoy enfermo. Pero tengo que hablar con vosotros de un asunto.

—¿Te apetece una copa? —le ofreció su padre.

—Pónmela doble —mientras el padre se la servía, Sam añadió—. ¿Está mamá por aquí?

–Tenía una comida benéfica –le entregó la copa–. ¿Quieres que nos sentemos en el estudio?

–Claro.

Siguió a su padre hasta el estudio y, una vez sentados, el padre preguntó:

–¿Qué ocurre?

Sam se sentó en el borde del sofá con los codos sobre las rodillas y la copa en la mano.

–Creo que deberíais saber que la semana pasada me mudé del castillo. Anne y yo vamos a divorciarnos.

–Siento oír tal cosa, Sam. Parecíais muy felices.

Lo fueron. Durante un tiempo. Hasta que se complicaron las cosas.

–¿Puedo preguntarte qué ha sucedido?

Sam pensó en decirle la verdad sobre cómo Anne le había mentido, pero se percató de que aquello no tenía que ver con la realidad.

Sí, ella había cometido un error y él se había sentido traicionado. Después había intentado castigarla y cuando por fin la perdonó se sintió aliviado.

Aquello era diferente. No se trataba de lo que ella había hecho, aunque al principio le había resultado más sencillo culparla que admitir lo que en realidad le molestaba. Porque así era como le gustaban las cosas. Sencillas.

–Lo he estropeado todo –le dijo al padre, y bebió un trago para calmar el dolor de su corazón–. Lo he estropeado y no sé cómo arreglarlo. Ni si quiera sé si puede arreglarse.

–¿La quieres?

–Sí –dijo, sorprendiéndose de la facilidad con la que había contestado.

–¿Se lo has dicho?

No. De hecho, le había dicho que no la amaba. Que nunca la amaría. Que sólo estaba a su lado por sus hijos.

–Se suponía que no tenía nada que ver con el amor. Eso no formaba parte del plan.

Su padre se rió.

–En mi experiencia, hijo, las cosas nunca salen como se planean. Sobre todo en lo que al amor se refiere.

–No debería ser así de complicado –dijo Sam, bebiéndose la copa de un trago.

–¿El qué?

–Las relaciones. El matrimonio. No debería ser tan duro.

–Si fuera fácil ¿no crees que sería aburrido?

–¿Es demasiado pedir tener una relación como la de mamá y tú?

–¿Y qué es lo que tenemos?

–El matrimonio perfecto. Nunca os habéis peleado, ni habéis tenido problemas. Ha sido tan fácil para vosotros.

–Sam, nuestro matrimonio no es perfecto.

–De acuerdo. Sé que habéis tenido algún problemilla, pero…

–¿Consideras a la infidelidad un problemilla?

Sam se quedó boquiabierto.

–¿Has engañado a mamá?

–No. Jamás he sido infiel a tu madre. Y no porque no tuviera la oportunidad. Peor la quería demasiado. Demasiado por mi propio bien.

–Y si tú no… ¿Estás diciendo que mamá te ha sido infiel?

–Recuerdas que viajaba mucho y que siempre llamaba la atención. Por no mencionar que es una mujer increíblemente guapa.

Sam no podía creer lo que estaba oyendo.

–¿Cuándo?

–Tú tenías ocho años.

–Me dejas helado. No tenía ni idea.

–No quisimos que te enteraras. Ahora pienso que ocultarte la realidad de nuestra relación fue un error. Los matrimonios implican mucho trabajo, hijo. Son complicados y difíciles.

–¿Qué hiciste cuando lo descubriste?

–Me quedé destrozado. Y pensé en marcharme seriamente. Llegué a empaquetar mis cosas, pero ella me convenció para que la perdonara. De que le diera una segunda oportunidad. Decidimos que iríamos a terapia para tratar de salvar la relación. Tu madre dejó de viajar durante un año, para demostrarme que iba en serio. Que nuestra relación era lo prioritario.

–Lo recuerdo –dijo Sam–. Recuerdo que se quedó en casa mucho tiempo, pero nunca me paré a pensar por qué.

–¿Y por qué ibas a haber pensado en ello? No eras más que un niño. Y siempre estabas feliz. No queríamos que nuestros problemas te afectaran negativamente. Ni a Adam. Aunque creo que él sospechaba que algo iba mal.

–¿Y cómo pudiste confiar en ella otra vez?

–No fue fácil. Sobre todo cuando empezó a viajar otra vez. Tuvimos algunos años difíciles. Pero creo que gracias a ello nos va mejor. Si superamos aquello podemos superar cualquier cosa.

Sam se sentía como si todo su mundo se hubiese vuelto patas arriba.

El matrimonio de sus padres tampoco había sido perfecto. Y él había pretendido que Anne se ajustara a la idea que él tenía de lo que creía que era una mujer perfecta, sin saber que esa persona ni siquiera existía.

–Soy un imbécil.

Su padre sonrió.

–No puedes aprender si no cometes errores.

–Pues yo he cometido uno tremendo. Todos los problemas que he tenido con Anne giran en torno a una cosa, mi deseo de llegar a ser primer ministro. Y he estado más centrado en lo que no podía tener que en lo que tengo, tanto que he pasado por alto el hecho de que ya ni siquiera quiero ser primer ministro.

Cuando su padre había anunciado que se retiraba, él había tenido la excusa perfecta para distanciarse de Anne y evitar admitir que se estaba enamorando de ella.

–¿Estás disgustado? –le preguntó a su padre.

–¿Por qué iba a estar disgustado?

–Siempre pensé en seguir tus pasos.

–Sam, tendrás que seguir tu propio camino. Tienes que hacer aquello que te haga feliz.

–Estoy contento trabajando de embajador. Y se me da muy bien. O al menos, se me daba.

–¿Te han despedido?

–Anne, el trabajo… Todo iba dentro del mismo paquete.

Y lo había estropeado todo.

Durante toda su vida, Sam había sabido lo que

quería. Nunca había tenido miedo de nada, sin embargo, en aquellos momentos se sentía aterrorizado. Temía que fuera demasiado tarde.

—¿Quieres recuperarla? —preguntó su padre.

—Más que nada en el mundo. Pero no estoy seguro de que vaya a darme otra oportunidad. Ni siquiera de si me la merezco.

—¿Puedo darte un pequeño consejo?

Sam asintió.

—Las cosas más preciadas de la vida son aquéllas por las que tienes que luchar. Hazte la siguiente pregunta, ¿merece la pena que luches por ella

—Por supuesto que sí.

—Entonces, ¿qué piensas hacer?

Sólo había una cosa que pudiera hacer.

—Supongo que voy a luchar por ella.

# Capítulo Trece

Sam regresó a su casa para ducharse y cambiarse de ropa antes de ir a ver a Anne. En la puerta encontró un sobre con los papeles del divorcio.

Él ni siquiera se molestó en abrirlo, puesto que no tenía intención de firmarlos. Era evidente que cuando llegara al castillo, ella no le pondría fácil la reconciliación.

—Lo siento, señor —dijo el guarda de la puerta—. No puedo dejarle pasar.

—Es muy importante —dijo Sam—. Vamos, me conoce bien.

—Lo siento, señor. Tengo órdenes estrictas de no dejarle pasar.

—¿Podría avisarla y decirle que estoy aquí?

—Señor...

—Hágame el favor. Avísela y dígale que necesito verla.

Él dudó un instante, pero entró en la garita y agarró el teléfono. El guarda asintió un par de veces y colgó. Sam esperó a que diera al botón para abrir la puerta y lo dejara pasar. Sin embargo, salió de la garita y se acercó a la ventana del coche de Sam.

—Si quiere audiencia con la princesa le sugiero que contacte con su secretaria personal.

Era ridículo. Todavía estaban casados. Y ¿había

olvidado que él era el padre de las criaturas que llevaba en el vientre?

Sam sacó el teléfono y marcó el número privado de Anne. Sonó tres veces y salió el contestador automático. La llamó al teléfono móvil. También saltó el contestador.

—Anne esto es ridículo. Contesta el teléfono —dijo él.

Colgó y marcó de nuevo. Otra vez el contestador.

Decidió enviarle un mensaje de texto: *Llámame.*

Al cabo de un instante, el guarda se acercó de nuevo y dijo:

—Señor, voy a tener que pedirle que se vaya.

—Espere.

Intentó contactar con Louisa y con Melissa, pero no tuvo suerte. Entonces llamó al despacho de Chris. La secretaria le dijo que no se encontraba en la oficina.

Envió otro mensaje de texto: *No voy a abandonar. Voy a luchar por ti.*

—Señor Baldwin —le dijo otro guarda en un tono más serio—. Voy a tener que insistir en que se marche ahora mismo.

Sam podría haber insistido en que no se marcharía hasta que viera a Anne, pero sabía que terminaría metiéndose en un lío.

—Está bien, me marcho —masculló.

Ella lo había echado de su vida. ¿Y no era eso lo que le había hecho él a ella? Estaba probando su propia medicina.

Anne le había dicho que estaba cansada de ser la única que luchaba por salvar el matrimonio. Pues si lo que quería era luchar, lo conseguiría.

***

–¿Sam, otra vez? –preguntó Louisa cuando sonó el teléfono de Anne por enésima vez. Estaban en la habitación de Louisa preparando la fiesta del nacimiento de los bebés que celebrarían en enero.

–¿Quién si no? Voy a tener que cambiar el número. Y mi dirección de correo electrónico.

Louisa se mordió el labio.

–¿Qué? –preguntó Anne.

Ella puso cara de inocente y dijo:

–No he dicho nada.

–No, pero te gustaría.

–Sólo que Sam está insistiendo mucho. A lo mejor deberías hablar con él.

Según todos los mensajes que le había enviado, y que Anne había leído, pero no había contestado, él la amaba y quería luchar para que su matrimonio funcionara. Pero ella ya no tenía energía para luchar más.

–No tengo nada que decirle.

–Vas a tener hijos suyos, Annie. No puedes ignorarlo para siempre.

Anne hablaría con él, pero cuando se sintiera segura. Cuando ya no despertara por la mañana con una sensación de vacío, cuando pudiera pasar más de cinco minutos sin imaginar su rostro o sin oír su voz en la cabeza. Cuando pudiera verlo sin lanzarse a sus brazos para que la abrazara.

Necesitaba tiempo para olvidarlo.

Su teléfono vibró y entró un mensaje de texto: *No voy a abandonar. Te quiero.*

141

Al parecer, él había olvidado que aquello no tenía nada que ver con el amor. Además, él no la amaba. Simplemente no le gustaba perder. Y ella no iba a perdonarlo para que volviera a partirle el corazón otra vez.

–Sabes que te quiero mucho, Annie, y que siempre estaré de tu lado… –comenzó a decir Louisa.

–¿Pero?

–¿No crees que estás siendo un poco injusta?

–¿Injusta? ¿Y Sam fue justo cuando me ignoró durante semanas?

–¿Te estás vengando? ¿Estás dándole a probar su propia medicina?

–¡No! No es eso lo que pretendo.

–Llámalo. Dile que ha terminado.

–Ya se lo dije. La noche que lo eché de aquí.

–Pues al parecer no ha captado el mensaje, y hasta que no se lo aclares seguirá pensando que haya esperanza.

Sonó el teléfono otra vez. Louisa lo agarró y se lo entregó a Anne.

–Habla con él. Aunque sea hazlo por mí.

Anne dudó un instante pero agarró el teléfono. Louisa salió de la habitación. Ella respiró hondo, temiendo derretirse cuando oyera su voz.

«Eres La Arpía», se recordó. «No necesitas a nadie».

Ya sólo tenía que creérselo.


Anne le había rechazado tantas llamadas que cuando por fin contestó él se olvidó de lo que quería decirle. En realidad no supuso un problema porque ella no le dio oportunidad de decir palabra.

–He contestado para pedirte por favor que dejes de molestarme. No quiero hablar contigo.

–Entonces, yo hablo y tú escuchas.

–Sam…

–Siento cómo te he tratado. Te quiero, Annie.

–Se supone que esto no tenía nada que ver con el amor –dijo ella, recordándole sus palabras.

–Lo sé, pero me he enamorado de ti de todas maneras. Y me he asustado.

–¿Por qué?

–Pensaba que amarte sería demasiado difícil. Resulta que amarte era la parte fácil. Lo difícil era distanciarme de ti.

–No puedo estar con alguien que me haga daño cada vez que se complican las cosas. Cada vez que cometo un error.

–Sé que hasta ahora no me he portado bien, pero si me das otra oportunidad, prometo que será diferente.

–Eso es lo que dijiste la última vez.

–Esta vez lo digo en serio.

–Me gustaría creerte. En serio. Pero no puedo correr el riesgo. No puedo pasar por ello otra vez…

–Annie…

–Sam, se ha terminado. Por favor, no vuelvas a llamarme.

Colgó el teléfono y Sam se quedó mirando al aparato con cara de tonto.

¿Lo había rechazado?

¿Y por qué no iba a hacerlo? ¿Pensaba que después de cómo la había tratado se rendiría a sus pies?

Por un lado quería sentirse enfadado. Creer que sólo lo hacía porque era muy testaruda. Para vengarse de él. Pero ése no era su estilo. Ella lo había amado y había hecho todo lo posible por intentar que su matrimonio funcionara. Había permanecido a su lado aunque él la hubiera ignorado. ¿Y cómo se lo había agradecido él? De ninguna manera. Ni siquiera se había esforzado para que la relación funcionara.

Lo cierto era que no merecía tenerla a su lado. Y quizá ambos estuvieran mejor si la dejaba en paz.

Anne tenía los pies hinchados y le dolía la espalda. Lo que menos le apetecía era estar de pie, muerta de frío, frente a un grupo de médicos, enfermeras y periodistas. Melissa no se encontraba bien y Chris le había pedido a Anne que lo acompañara a la inauguración de la obra de un centro pediátrico para el tratamiento del cáncer en el hospital.

Ambos estaban esperando a que el director del centro terminara su perorata. Ella tenía las manos en los bolsillos y sujetaba con fuerza el teléfono móvil, como esperando que entrara una llamada o un mensaje de texto. Pero desde las últimas dos semanas, el aparato había estado en silencio.

Estaba deseando oír la voz de Sam. No podía dejar de pensar en lo que él le había dicho la última vez, preguntándose si hablaba en serio. Él le había dicho que la amaba y empezaba a pensar que era verdad. Pero tenía miedo de enfrentarse a la posibilidad de que él volviera a hacerle daño una vez más.

Pero si Sam volviera a llamarla y diera el primer paso… ¿Y por qué iba a hacerlo si ella le había pedido que la dejara en paz?

Se estremeció y encorvó los hombros para defenderse de una racha de aire helado.

—¿A quién se le ha ocurrido hacer esto en diciembre?

—Ya casi ha terminado —dijo Chris—. Aguanta un poco.

Ella lo miró enojada y se fijó en que tenía un punto rojo en la solapa de su abrigo. Pensó que era una mancha o un pedazo de hilo. Entonces, vio que se movía.

¿Qué diablos?

El punto rojo se había desplazado hasta el lado izquierdo del pecho de Chris. Era una luz, como un puntero de láser…

Al percatarse de lo que podía ser, se le encogió el corazón. Sabía que no tenía tiempo de avisar a Gunter, que estaba justo detrás. Tenía que hacer algo. Deprisa.

Sacó las manos de los bolsillos y empujó a Chris con fuerza. Ella vio su cara de sorpresa al mismo tiempo que sentía que alguien la agarraba del brazo y tiraba de ella. Aterrizó en el suelo, pero sobre una persona. Era Gunter. Él la había tirado y la había protegido con su cuerpo. Entonces, alguien gritó pidiendo un médico y ella sintió que se le helaba el corazón. ¿Había actuado demasiado tarde? ¿Habían herido a Chris?

Trató de incorporarse sobre un codo y Gunter le gritó:

—¡No te muevas!

Ella permaneció tumbada imaginando que su hermano se desangraba a poca distancia de allí. Oyó que la gente empezaba a gritar y a correr de un lado a otro.

De pronto, la oscuridad se apoderó de ella.

***

Sam estaba sentado en el sofá de su casa tomándose un whisky.

Su teléfono móvil llevaba sonando más de dos horas, pero ninguna de las llamadas era de Anne y no tenía ganas de hablar con nadie.

Los papeles del divorcio estaban sobre la mesa, sin firmar. No tenía fuerza para agarrar un bolígrafo. No quería el divorcio. No quería perder a Anne.

Pero ella quería perderlo de vista y quizá debía permitírselo. La idea de que se enamorara de otro hombre y de que él criara a sus hijos lo aterrorizaba. Pero conocía a Anne y sabía que aunque él se negara a firmar el divorcio ella continuaría con su propia vida.

Se incorporó y agarró el documento. No lo había leído, pero su abogado le había dicho que era muy preciso. Ambos se separarían llevándose lo que habían aportado al matrimonio. Sería como si nunca se hubiera celebrado.

Buscó la página donde debía firmar y agarró el bolígrafo. Respiró hondo, acercó el bolígrafo al papel y... El maldito teléfono comenzó a sonar de nuevo.

—¡Maldita sea! —agarró el teléfono y contestó—. ¿Qué quieres?

—¿Sam? —era su hermano Adam.

—Sí, soy yo. Me has llamado.

—¿Dónde te has metido? Llevamos una hora tratando de localizarte.

—Estoy en casa. Y si no te he contestado es porque no quiero hablar con nadie.

—Pensé que a estas alturas ya estarías en el hospital.

–¿Y por qué?

–¿No te has enterado?

–¿Qué ha pasado?

–Alguien disparó. El rey y Anne estaban fuera del hospital en una ceremonia y hubo un atentado.

Sam encendió la televisión.

–¿Chris está bien?

–No le han dado. Anne lo empujó en el momento justo. Ella le ha salvado la vida. Pero, Sam…

Las palabras de Adam se desvanecieron mientras en la televisión aparecía los titulares: «Intento de asesinato. La princesa Anne ingresa en el hospital». Sam dejó caer el mando a distancia y su corazón comenzó a latir con fuerza.

Eso no podía ser cierto.

Las imágenes mostraban cómo Anne y Chris estaban escuchando el discurso del director del hospital, cómo Anne miraba a su hermano y de pronto lo empujaba. Gunter se colocó encima de ella para protegerla. Después no se veía nada más. Sam no pudo ver si ella había resultado herida, pero la reportera anunció que no se conocía el estado de la princesa, sólo que se había quedado inconsciente.

Sam se puso en pie, agarró las llaves y se puso el abrigo. Entonces, se percató de que todavía tenía el teléfono en la mano y que Adam estaba gritando su nombre.

–Te llamó luego –le dijo. Tenía que marcharse al hospital.

Había sido culpa suya. Él debería haber estado a su lado. Nunca se perdonaría si ella o los bebés hubieran sufrido algún daño.

# *Capítulo Catorce*

Si una persona debía recibir un tiro, ¿qué mejor lugar que en la puerta de un hospital?

Anne estaba sentada en la cama de la habitación reservada para la familia real. Llevaba uno de esos camisones de hospital que dejan la espalda al descubierto y no comprendía por qué, ya que únicamente tenía algunos moretones. La habían ingresado debido a que se había desmayado y querían asegurarse de que los bebés estaban bien. A pesar de que así era, habían insistido en que pasara la noche en observación.

Chris había resultado ileso.

La policía le había dicho que si no hubiera empujado a Chris, lo más probable era que hubiera muerto.

Si ella hubiera actuado un momento más tarde, Chris habría recibido una bala en el pecho, y si hubiera reaccionado un segundo más pronto, la bala le habría dado en la cabeza. Chris o ella estarían muertos. La idea la hacía estremecer.

La mejor parte era que la policía había detenido por fin a Richard Corrigan. Al parecer, ni siquiera había intentado escapar. Su plan era matar a Chris y después suicidarse, pero la policía lo detuvo antes de que pudiera llevar a cabo la segunda parte del mismo.

Por fin la pesadilla había terminado. Volvían a ser libres.

Tan pronto como el médico le permitió recibir visitas, su familia invadió la habitación. Todos querían comprobar que se encontraba bien.

Chris la regañó por poner en peligro su vida y la de los gemelos para salvar la suya, pero después la abrazó con fuerza. A ella incluso le pareció ver que tenía lágrimas en los ojos.

Quería llamar a Sam. Lo último que quería era que se enterara de lo ocurrido por las noticias, pero había perdido el teléfono en medio del caos. Todo el mundo había intentado hablar con él. Su familia, Gunter, e incluso la policía, pero al parecer no contestaba el teléfono.

–Estoy segura de que en cuanto se entere vendrá para acá –le aseguró su madre. Había estado sentada en la cama, agarrando la mano de Anne desde que le habían permitido recibir visitas. Louisa estaba en el otro lado y sus dos hermanos, a los pies. No había nada como sufrir una situación así para que la familia se sintiera unida.

Todos menos Sam.

Quizá Sam se había enterado de la noticia, pero como ella lo había echado de su vida ya ni siquiera se preocupaba.

Anne trató de no pensar en ello, convenciéndose de que era ridículo.

Gunter entró en la habitación quince minutos más tarde y Anne lo miró esperanzada. Él negó con la cabeza.

–Hemos enviado un coche a recogerlo, pero no estaba en casa.

–¿Dónde diablos puede estar?

–Ya vendrá –le aseguró Louisa.

–¿Quizá se haya marchado de la ciudad? –preguntó Melissa.

–¿O a casa de sus padres? –sugirió Liv.

–Allí ya lo hemos buscado –dijo Anne.

En ese mismo instante, se abrió la puerta y apareció Sam.

Miró hacia la cama y al ver que ella estaba sentada, suspiró aliviado. Todo el mundo salió de la habitación antes de que Sam se acercara hasta la cama para abrazarla. Al sentir el calor de su cuerpo y percibir su aroma, se le llenaron los ojos de lágrimas.

–En las noticias sólo han dicho que podías haber resultado herida –la abrazó ocultando el rostro entre su cabello–. No sabía si estabas viva o muerta. Si volvería a verte. Además, al llegar aquí no me querían dar información.

–Estoy viva –dijo ella, y él la abrazó con más fuerza.

–¿Estás bien? ¿Los bebés están bien?

–Estamos bien. Sólo me han ingresado porque me desmayé.

–Pensé que te había perdido para siempre –le sujetó el rostro entre las manos y la besó.

Cuando se retiró ella se fijó en que no se había afeitado en varios días y que necesitaba un corte de pelo. Al ver que tenía ojeras, supo que había dormido tan mal como ella en los últimos días. Además de todo, bajo el abrigo llevaba una camiseta y unos pantalones de algodón con dibujos de cómic.

Tenía un aspecto horrible. Y maravilloso.

Él se miró y se rió, como si acabara de darse cuenta de que había salido de casa en pijama. Ella le acarició la mejilla.

—Se nota que he salido corriendo –dijo él, besándole la mano–. Annie, he sido un…

Ella lo silenció cubriéndole los labios con un dedo.

—Ambos hemos sido idiotas. Pero ahora somos más listos.

—Sin duda –le besó los dedos y la muñeca–. No he firmado los papeles del divorcio. Y no voy a hacerlo. Me niego. Pienso pasar el resto de mi vida contigo.

—Bien. Porque yo tampoco los he firmado. Cuando regreses al castillo los quemaremos en la chimenea.

Él la miró a los ojos.

—Y haremos el amor toda la noche.

Ella suspiró. Sonaba de maravilla.

Él sonrió y le acarició el rostro.

—Estoy orgulloso de ti.

—¿Por qué?

—¿Por qué? –se rió–. ¿Tú qué crees? Has salvado la vida de tu hermano. Eres una heroína.

—No pretendía serlo. Todo sucedió muy deprisa. Vi el puntero del láser sobre su abrigo y lo empujé.

—Debería de haber estado a tu lado.

—Pero ahora estás conmigo.

—No voy a volver a dejarte, Annie. Te quiero mucho.

—Yo también te quiero, Sam.

—Lo he dicho en otra ocasión, pero las cosas serán de otra manera esta vez. Lo sé porque yo también soy diferente.

—Yo también. No hay nada como estar al borde de la muerte para saber cuáles son tus prioridades.

Él la besó y le dijo:

–Muévete.

Se quitó el abrigo y se metió en la cama con ella. Anne nunca se había sentido tan feliz en la vida. Y era agradable saber que no era la oveja negra de la familia. Por fin podía relajarse y ser feliz.

–Tengo que confesarte una cosa –dijo él–. La noche del baile benéfico mis amigos me retaron para que te sacara a bailar. Y yo iba lo bastante alegre como para picar el anzuelo.

–Y yo que pensaba que habías sido muy valiente –bromeó ella.

–¿No estás enfadada?

–De hecho me parece divertido. Teniendo en cuenta que conseguiste mucho más que un baile.

–¿Sabes qué? Me alegro de que me mintieras aquella noche. Si no fuera por los bebés nunca habría tenido el valor de darme una oportunidad –la besó en la punta de la nariz–. De dárnosla. Porque estamos hechos el uno para el otro.

–Creo que de eso ya me di cuenta hace tiempo.

Él sonrió.

–Eres mucho más lista que yo.

–Yo también he de confesarte una cosa –dijo ella–, y es un poco picante…

–Soy todo oídos.

Ella metió la mano bajo su camiseta y le acarició el vientre.

–Siempre me he preguntado cómo sería hacer el amor en un hospital.

–No me digas –dijo él con una pícara sonrisa.

–Pero hasta ahora nunca he tenido la oportunidad de probarlo.

Sam debió de presionar el mando de la cama porque, de repente, comenzó a bajar el respaldo.

—Tengo una idea, princesa.

—¿Ah, sí? ¿Y cuál es?

Sam agachó la cabeza y la besó, susurrando contra sus labios.

—Vamos a descubrirlo.

# Epílogo

*Junio*

Los bebés se habían quedado dormidos por fin.

Anne sopló un beso a sus angelitos y se aseguró de que el monitor de la cámara estuviera encendido. Después, agarró la falda de su vestido y salió en silencio.

—Más tarde vendré a ver cómo están —le dijo a Daria, la niñera.

—Páselo bien, alteza.

Miró el reloj y vio que llegaba una hora tarde pero, en aquellos días, la maternidad era su prioridad. Aun así, no quería hacerlo esperar demasiado.

Pasó un instante por su habitación para retocarse el maquillaje y se dirigió al salón de baile. En honor a su padre estaban celebrando el segundo baile benéfico y, al bajar las escaleras, vio que el montaje era incluso más espectacular que el año anterior.

En medio del salón estaba la familia real de Morgan Isle, familiares de Melissa, hablando con Chris y con ella. El rey Phillip y la reina Hannah, el príncipe Ethan y su esposa Lizzy, y el duque, Charles Mead y su esposa, Victoria.

A su lado estaba Louisa y la princesa Sophia, ambas embarazadas y comparando el tamaño de sus vientres mientras sus esposos sonreían.

Pero la única persona a la que ella deseaba ver, y que supuestamente estaba esperándola, no estaba por ningún sitio.

Anne agarró una copa de champán de una bandeja y recorrió el salón con la mirada. Se había sacado leche para que los bebés tomaran biberón y así ella pudiera beber alcohol.

—Está preciosa, alteza —le dijo alguien desde detrás.

El sonido de su voz la hizo estremecer.

—Es un placer volverlo a ver, señor Baldwin.

Él hizo una reverencia y dijo:

—Por favor, llámame Sam.

—¿Te apetece bailar, Sam?

Él sonrió. Después de un año todavía resplandecía la llama del amor en su mirada.

—Pensaba que no me lo ibas a preguntar nunca.

Sam la agarró de la mano y la llevó a la pista. La abrazó con fuerza y ella apoyó la mejilla contra la suya, inhalando el aroma de su colonia.

—Soy la envidia de todos los hombres de la sala —susurró él.

Ella no lo sabía, pero ya nadie la llamaba La Arpía. Aquella mujer había dejado de existir desde que conoció a aquel hombre maravilloso. Él había sacado lo mejor de ella.

—Soy el hombre más afortunado. Y el más feliz.

—¿Cuándo crees que podremos escaparnos de aquí y celebrarlo de verdad? —preguntó ella.

Él la miró con una sonrisa. Al fin y al cabo era su primer aniversario. Y aunque habían pasado momentos tristes y difíciles, tenían mucho que celebrar. Mucho que agradecer. Dos criaturas preciosas y saludables, una familia que los quería y los apoyaba.

Y sobre todo, se tenían el uno al otro.

# Deseo™

## En brazos de su protector

### JOAN HOHL

El ranchero Hawk McKenna se iba a quedar poco tiempo en la ciudad, lo justo para conseguir algo de compañía femenina antes de regresar a casa. Pero en cuanto entró en el restaurante de Kate Muldoon, supo que aquella mujer le iba a causar problemas. Sus ojos hablaban de miedos largo tiempo ocultos, pero sus labios le hacían desear llevársela a la cama. Lo más sensato sería dejarla y dirigirse a las montañas pero, a pesar de su naturaleza solitaria, Hawk no podía marcharse. ¿Hasta dónde estaría dispuesto a llegar para mantener a Kate a salvo?

*¿Seguro que sería sólo temporal?*

**¡YA EN TU PUNTO DE VENTA!**

# Acepte 2 de nuestras mejores novelas de amor GRATIS

## ¡Y reciba un regalo sorpresa!

## Oferta especial de tiempo limitado

**Rellene el cupón y envíelo a**

**Harlequin Reader Service®**
3010 Walden Ave.
P.O. Box 1867
Buffalo, N.Y. 14240-1867

**¡Sí!** Por favor, envíenme 2 novelas de amor de Harlequin (1 Bianca® y 1 Deseo®) gratis, más el regalo sorpresa. Luego remítanme 4 novelas nuevas todos los meses, las cuales recibiré mucho antes de que aparezcan en librerías, y factúrenme al bajo precio de $3,24 cada una, más $0,25 por envío e impuesto de ventas, si corresponde*. Este es el precio total, y es un ahorro de casi el 20% sobre el precio de portada. !Una oferta excelente! Entiendo que el hecho de aceptar estos libros y el regalo no me obliga en forma alguna a la compra de libros adicionales. Y también que puedo devolver cualquier envío y cancelar en cualquier momento. Aún si decido no comprar ningún otro libro de Harlequin, los 2 libros gratis y el regalo sorpresa son míos para siempre.

416 LBN DU7N

| | |
|---|---|
| Nombre y apellido | (Por favor, letra de molde) |

| | |
|---|---|
| Dirección | Apartamento No. |

| | | |
|---|---|---|
| Ciudad | Estado | Zona postal |

Esta oferta se limita a un pedido por hogar y no está disponible para los subscriptores actuales de Deseo® y Bianca®.
*Los términos y precios quedan sujetos a cambios sin aviso previo.
Impuestos de ventas aplican en N.Y.

SPN-03                                              ©2003 Harlequin Enterprises Limited

# Bianca™

***Ella tenía un secreto que le iba a cambiar la vida***

Nicolas Dupre creía haber dejado el pasado atrás. Desde que se fue de Australia, había ganado millones como productor teatral en Nueva York y Londres. De repente, le pidieron que volviera a Rocky Creek, y todo lo que había intentado olvidar volvió a su vida…

Incluida Serina, a la que no había vuelto a ver desde la última noche que habían pasado juntos, una noche de pasión salvaje. Nicolas nunca se había olvidado de ella ni de su engaño. Ahora tenía la oportunidad de acostarse por última vez con ella y cerrar el asunto…

*Una noche, un secreto…*

Miranda Lee

¡YA EN TU PUNTO DE VENTA!

# Deseo™

## El calor de la pasión

### JAN COLLEY

El compromiso era una farsa, un plan desesperado de Jasmine Cooper para apaciguar a su padre moribundo y evitar el escándalo en la familia.

El playboy y lince de las finanzas Adam Thorne sabía reconocer una oportunidad cuando la veía. Lo único mayor que su ambición era su orgullo, y Jasmine lo había herido en una ocasión, así que aceptaría la propuesta de la que una vez fue su amante... vengándose de paso y sacando un buen beneficio. Pero, ¿flaquearía esa venganza tan bien planeada ante la pasión que los aguardaba?

*Era un novio impostor*

## ¡YA EN TU PUNTO DE VENTA!